여 름 , 교 토

여 름 , 교 토

최상희 지음

해변에서랄랄라

여름이 좋다.

겨울은 혹독하다. 추위에 굴하지 않고 씩씩하게 뛰놀며 즐거워하던 어린 시절도 있지 않았나 생각해 보지만 잘 기억나지 않는다. 어린 시절에도 나는 추위를 잘 타는 비관적인 아이였던 것 같다. 아무리 혹독해도 언젠가 겨울이 끝난다는 건 알고 있었다. 겨울이 좋은 단 한 가지 이유는 방학이 길다는 거였다.

그에 비해 여름방학은 눈 깜짝할 새 지나갔다. 수박 몇 통 먹고 물놀이 두어 번 갔다 오면 끝이었다. 무엇을 했는지 잘 기억나지 않지만 여름은 아무것도 하지 않아도 좋았다. 오직 여름이라는 이유로. 여름방학이 길면 더 좋으리라 생각했다.

여름 한 철을 교토에서 보냈다. 교토의 북쪽, 조용한 마을에 집을 빌려 지냈다. 마당에 어린 남천이 한 그루 서있는 작은 집이었다. 아침 햇살이 연둣빛 나무 위로 떠돌고 밤이면 여름 공기가 고요히 밀려들었다. 유독 덥기로 유명한 교토의 여름은 과연 여름다웠다.

간혹 관광객의 기분으로 유명 관광지에 가기도 하고 피서할 만한 강가나 숲을 찾기도 했지만 주로 집 근처를 걷다가 왠지 좋을 것 같은 생각이 드는 가게에 들어가 빙수나 파르페를 먹었다. 무엇이 나올지 모를 식당에서 두근거리는 마음으로 기다려 나온 음식을 먹고 왠지 웃으며 집으로 돌아갔다. 그게 어쩐지 즐거웠다. 아무것도 아닌 마음으로, 아무것도 아닌 일들을 하는 게 좋았다.

무엇을 했는지 잘 기억나지 않지만 떠올려 보면 즐거운 기분이 든다. 매일 수박을 먹은 건 분명하다. 때로는 복숭아도, 과일과 꽃을 닮은 과자를 먹기도 했다. 밤마다 모기향을 피워놓고 차가운 맥주를 마시며 이야기를 나누었다. 이웃의 아이와 그 부모가 골목에서 불꽃놀이를 하는 것을 창틈 사이로 구경하다 다시 탁자로 돌아와 무슨 이야기하던 중이었지, 하며 웃었다. 무슨 이야기를 했는지 역시 잘 기억나지 않고 기억나지 않아도 좋을 사소한 것들이지만 나중에 야, 너 그때 뭐라고 했는지 기억나냐, 하고 떠올리면 분명 피식 웃게 되는 이야기였다. 여름밤이 깊어가고 풀벌레 소리가 희미하게 들려왔다.

그렇게 여름을 보냈다. 롱 베이케이션이었다.

어릴 때 읽었던 책 중에 <걸리버 여행기>가 있었다. 소인국에서 온몸을 결박당하는 일 같은 건 겪고 싶지 않지만 그중 호감 가는 나라가 있었다. 여름이 지속되고 사람들은 물론이고 개와 주전자까지 밤낮없이 잠만 자는 게으른 나라. 정말 부러웠다. 내 나이 여덟 살 때였다. 가급적 애쓰지 않고 살고 싶다. 아무것도 하지 않고 지내는 시간이 좋다. 특히 여름 오후에는.

서두르거나 조급해하지 않고 싶다. 무엇을 보거나 어디에 가야만 한다는 의무감 없이 공기 속 투명하고 작은 입자처럼 가볍게. 무엇을 놓쳤다는 실망이나 놓칠까 하는 조바심도 없이 즐겁고 싶었다. 한동안 잊고 있었던 것을 문득 떠올릴 수만 있다면 그것으로 족하다. 그것은 여행의 기쁨. 여름 오후의 짧은 낮잠 같고 먼 여행을 다녀온 서늘한 꿈 같은.

여행만큼은 즐겁게 하고 싶다.

여름의 집

몽상가의 산책

우리는 고양이처럼

여름의 무늬

여름의 집

그 여름

덜컹덜컹하는 소리에 잠이 깼다. 가만히 누워 낯선 모양의 천장을 멀
뚱히 바라본다. 천천히 정신이 들며 이곳이 어딘지 깨닫는 순간, 작은
안도와 기쁨이 동시에 찾아든다. 푸르스름한 새벽빛 속에 미처 떠나
지 않은 꿈이 떠돈다. 그것은 어디론가 떠나는 꿈, 혹은 생경한 숙소에
서 잠을 깨는 꿈. 이불 속은 아늑하고 잘 마른 다다미 냄새가 희미하
게 난다. 고요하게 아침이 밝아온다.
　냉장고에 차갑게 식혀둔 물을 한 잔 따른다. 젖빛 유리를 끼운 장지
문 너머로 연한 초록빛이 흔들린다. 문을 밀어 젖히자 말간 햇빛을 받
고 반짝이는 나무 한 그루가 모습을 드러낸다. 툇마루에 앉아 물을 마
신다. 차가운 물이 몸속 구석구석 퍼져나간다. 아담한 정원에 나무가
한 그루 있는 작은 집을 교토에서 빌렸다. 한동안 '우리 집' 이라고 부
르게 될, 조용히 빛나는 여름의 집. 아침 볕 속에 나뭇잎이 가만히 흔
들린다.

언젠가 스톡홀름에 석 달간 머문 적이 있다. 작은 부엌이 딸린 집을 빌려 살았다. 침실 창밖으로 사과나무가 보이는 집이었다. 2층 창에서 내려다보면 빛바랜 수국이 애처로이 피어있는 마당에 고양이가 고요히 산책하고 있었다. 이따금 약한 바람이 불면 툭툭 다 익지 않은 사과 떨어지는 소리가 났다. 식탁에 앉아 글을 쓰다 도무지 견딜 수 없이 날 좋은 오후면 치즈와 오이를 넣어 샌드위치를 만들고 사과와 책 한 권을 가방에 넣어 집을 나섰다. 집 앞은 바로 공원이었다. 길고 혹독한 겨울이 오기 전에 태양을 만끽하려는 주민들이 늘 공원에서 해바라기를 하고 있었다. 나도 그 틈에 슬쩍 끼어 앉았다. 책을 몇 장 넘기지만 가장 많이 하는 건 울창한 나무와 그 위의 푸른 하늘을 멍하니 바라보는 일이었다. 사과도 먹었다. 사각사각 하는 소리가 투명한 공기 입자 속으로 스며들었다.

별것 없는 평범한 동네였다. 도심에서 멀지 않은 곳이었으나 소란과는 뚝 떨어져 있었다. 삼각 지붕이 이어지고 작은 정원이 울타리를 맞대고 이웃하는 깨끗한 거리를 유모차를 미는 젊은 아빠들과 개와 산책하는 주민들이 이따금 지나쳐 갔다. 늘 시나몬 냄새가 풍겨 나오는 작은 빵집과 차양이 예쁜 꽃집, 뭘 파는지 알 수 없는 좀 수상쩍은 가게,

주말에만 문을 여는 빈티지 숍이 골목 구석구석 숨어 있었다. 피자가
게와 초밥집, 태국 음식점 등의 식당이 몇 개 모여 있는 곳이 동네의
최대 번화가였으나 북적이는 것은 별로 본 적 없었다.

가끔은 관광객의 기분으로 지하철을 타고 지도를 보며 미술관이나 궁
전의 정원, 벼룩시장에도 다녀왔다. 어딘가를 찾아가고 구경하는 게
즐겁기도 했지만 낯선 곳을 여행할 때는 으레 그렇듯이 목과 어깨에
힘이 들어가고 낯선 언어에 눈과 귀가 쉽게 피로해졌다. 집에 돌아오
는 길에서야 비로소 긴장이 풀리고 마음이 편해졌다. 지하철에서 내
려 마트에서 장을 봐서 내일은 나가지 말고 글을 많이 써야지, 생각하
며 집으로 돌아왔다.

해가 지는 이국의 거리를 걷는 내 그림자는 길고 희미했다. 어쩐지 조
금 쓸쓸하고 헛헛했다. 여름이 끝나고 가을이 가파르게 깊어지고 있
었기 때문인지도 모른다. 그보다는 내가 여행자이기 때문이었을 것이
다. 지금도 그곳을 생각하면 고독하지만 뭔지 모를 것으로 충만했던
그곳의 내가 떠오른다.

여행자로 머문 그곳에서 내가 제일 많이 한 건 동네를 걷고 또 걸으며 이웃집 마당에 핀 꽃을 들여다보거나 집 안에서 풍기는 세제 냄새를 맡고 웃음소리에 귀 기울이기, 그리고 공원에 앉아 투명한 햇살과 바람을 바라보는 것이었다. 혹은 길가 창으로 스며 나오는 희미한 노란 불빛과 그 너머 검푸른 하늘에 떠있는 별을 보며 내일의 날씨를 짐작해 보는, 거의 소용과 상관없는 일들뿐. 무엇을 얻는다거나 무엇이 된

다거나 하는 일 없는, 무위의 날들이었다. 하지만 분명 그리워질 거라
는 예감이 들었다.

내 삶의 일부를 떼어 이방인으로 살아보는 것은 낯선 나를 잠시 만나
보는 일이라고 생각하게 되었다. 어딘가에 나의 일부를 두고 오는 것
이다.

담담한 기쁨

우리의 여름 집은 교토의 북서쪽 무라사키노라는 동네에 있다. 근처에 대덕사(다이토쿠지, 大德寺)라는 큰 절이 있고 그 앞으로 찻집과 식당, 기념품 가게가 모여 있지만 북적이는 일은 좀처럼 없다. 절을 지나 담쟁이 넝쿨이 무성한 이발소와 고양이를 좋아하는 게 분명한 할머니의 쌀가게를 지나쳐 작은 놀이터 앞 삼거리에서 모퉁이를 돌면 우리 집이다.

좁은 골목을 따라 오래된 목조 가옥이 단정하게 이어져 있고 살뜰히 가꾼 화분들이 길가에 조르르 놓여 있다. 볕 좋은 날엔 이웃집 창밖으로 느긋하게 광합성하는 이불이 보였다. 아침이면 골목길을 달리는 자전거 바퀴 소리가 나고 저녁이면 밥 짓는 냄새가 풍기고 밤에는 풀벌레 소리가 가만히 들려오는 한적한 동네였다. 깊은 밤에는 간혹 적막하다는 기분이 들기도 했지만 다시 날이 밝으면 그런 기색은 흔적없이 사라졌다. 말간 햇빛 속에 조용히 저마다의 일상이 시작된다.

밤의 인간인 내가 여행할 때만은 아침의 시간을 산다. 그러니까 내게
여행은 다른 곳으로 옮겨 가는 것뿐 아니라 다른 시간대에 살아보는
일이다. 아직 쓰지 않은 햇빛과 공기, 저마다의 하루를 시작하는 일상
의 움직임, 어쩌면 아직 남아 있는 간밤의 피로를 애써 툭툭 털어버리
고. 고양이에게 아침 인사를 남기고 출근하는 작은 다정함도 있을 것
이다. 내가 모르는 아침은 그렇게 시작되고 있었다.

동네에서 가장 일찍 아침이 시작되는 곳은 삼거리 모퉁이에 있는 가게다. 지나다 슬쩍 들여다보면 커다란 솥에서 하얀 훈김이 새어나왔다. 두부가 만들어지고 있다.

교토에는 두부 요리 전문 식당이 많다. 두부가 맛있기 때문이다. 두부의 맛을 좌우하는 물이 깨끗하고 풍부해서 좋은 두부가 만들어졌고 오래 전부터 사찰을 중심으로 두부 요리가 발전했다. 동네에는 틀림없이, 라고 해도 좋을 만큼 두부 가게가 하나쯤은 있다. 대개는 한자리에서 오랫동안 장사를 해온 집이다.

우리 동네에 있는 두부 가게 역시 동네에 하나쯤은 있는 평범한 가게지만 도무지 두부를 사러온 것 같지 않은 사람들이 종종 가게 앞을 기웃거리곤 한다. 부러 찾아온 여행자들이다. 가게가 일본 영화 <마더 워터>에 나온 덕분이다. <빵과 수프, 고양이와 함께 하기 좋은 날>이라는 드라마를 만든 마츠모토 카나 감독이 만든 영화로, 그의 전작에 출연했던 배우들이 고스란히 나온다. 영화 <카모메 식당>이나 <안경>, <수영장>에도 나왔던 낯익은 배우들이다. 사건은 거의 일어나지 않고 물을 많이 탄 연한 수채화 같은 영화들. 심심하기 짝이 없는 이 비슷비슷한 영화들을, 나는 꽤 좋아한다. 무슨 이야기였는지는 잘 생각나지 않지만 햇살과 바람 소리, 공기의 냄새가 기억에 남는 영화들이다.

창 위에 슥 물기가 묻은 것처럼 어룽어룽 남는 어렴풋한 느낌들, 그것
이 무엇인지 모르겠지만 어느 순간 덜컹, 혹은 슬며시 마음을 두드리
고 연한 파문을 만드는 작고 여린 흔적들이 오래오래 남는 영화. 텔레
비전 채널을 돌리다 방영되고 있는 걸 우연히 보면 무심코 마음을 뺏
기고 보게 된다. 질리지도 않고 몇 번이나 보고 또 봤다. 부러 찾아보
는 날도 있었다. 조금 힘든 날이었던 것 같다.

<마더 워터>는 교토를 배경으로 카페와 위스키 바, 두부 가게를 하
는 세 명의 여자와 목욕탕을 운영하는 남자 등이 등장해 별일이라곤
일어나지 않는 소소한 일상을 보여준다. 물과 관련된 일을 한다는 공
통점을 지닌 주인공들의 일상은 물 흐르듯, 담담하게 흘러간다. 이 영
화에 등장하는 두부 가게가 바로 우리 동네에 있는 교토후오가와(京
豆腐小川)라고 하는 곳이다. 가게는 영화에 등장했던 모습 그대로다.
다만 주인공들이 갓 만든 두부를 사서 앉아 먹던 가게 앞의 의자는
보이지 않는다. 햇살과 바람 소리, 두부 한 모, 어쩐지 마음이 푸근해
지는 장면이었다.

아침 산책을 마치고 집으로 돌아가는 길에 두부를 산다. 맑은 물속에 갓 만든 두부가 살포시 잠겨 있다. 주인이 물속에 손을 넣어 두부 한 모를 꺼내 뚝딱 포장해준다. 참으로 시원시원한 솜씨다. 아침 일찍 와야만 살 수 있는 콩물도 사고 튀긴 두부도 샀다. 송송 썬 파를 올리고 간장을 살짝 뿌린 두부는 든든한 반찬이 된다. 차가운 맥주에 안주로도 그만이다. 네모 난 모양을 한 작은 행복을 들고 집으로 돌아온다. 낯선 곳에 단골 가게 하나가 생겼다. 구글맵에 장소를 저장하고 하트 표시를 하는 것처럼 동네 모퉁이 가게에 마음 하나를 두었다.

아무것도 타지 않은 콩물을 꿀꺽꿀꺽 마신다. 콩 비린내 하나 없는 순한 맛이다. 두유, 라고 하면 떠오르는 진하고 고소한 맛은 아니다. 어떤 편인가 하면 맛이랄 게 딱히 없는 덤덤한 맛이다. 그런데 마시다 보니 묘하게 끌린다. 마치 말없이 속 깊은 오래된 친구처럼, 그 무덤덤함이 마음에 든다. 이런 게 교토의 맛인가, 중얼거리며 잔을 비운다. 담담한 맛이 입 안에 감돈다.

아침을 먹는 아침

아침은 간소하게 먹고 싶다. 끓이고 굽고 하는 일 없이 단출하게. 전날
사둔 빵을 썰고 커피를 만들고 과일 한 가지를 곁들인 조촐한 아침을
서두를 것 없이 먹고 싶다.

아침에 위가 아파서 잠이 깼다. 여행지에서는 늘 과식을 했다. 낯선 음식이 궁금하고 알 것 같은 맛에도 끌린다. 많이 먹지만 많이 걷고 많이 돌아다녀서 먹는 족족 어디론가 스윽 사라지는 것 같았다. 하지만 어느 순간 먹는 것에 조심하게 되었다. 예전과 달리 내 몸은 무리하거나 과식하면 탈이 나는 병약한 몸으로 바뀐 것이다. 조금 슬프지만 어쩔 수 없다. 그것은 처음 여행 다닐 때의 감동과 기쁨을 지금은 좀처럼 느낄 수 없는 것과 마찬가지다. 마음도 몸도 나달나달하게 닳아 버린 것이다.

물 한 잔과 약을 내 머리 맡에 놓아두고 동생은 걱정스러운 얼굴로 방에서 나간다. 혼자 온 여행에서 아플 때는 서럽지만 같이 온 여행에서 아프면 미안하다. 아픈 사람이나 지켜보는 이나 서로가 마음을 쓰고 있다. 나는 이불 속에 누워 통증이 가시길 기다린다.

부엌에서 희미하게 도마 소리가 들려온다. 잠시 후에 부드러운 음식 냄새도 풍겨온다. 나는 누운 채로 어떤 음식인가 짐작해본다. 자극적이지 않고, 순하고 담백한 음식임이 분명하다. 갑자기 배가 고파온다. 나는 이불을 젖히고 냄새를 따라 부엌으로 간다.

단출한 아침도 좋지만 든든한 아침도 좋다. 아침을 먹는다. 아침을 먹는다는 말은 이상하면서도 왜 이상하게 좋은지.

숲속의 도서관

아침 일찍 숲으로 갔다. 숲속에 작은 도서관이 있다고 들었다. 숲과 책
이라니, 얼마나 근사한 조합인가.

바다를 좋아한다. 무수한 빛으로 반짝이는 활기 넘치는 여름 바다도,
이런저런 생각에 잠기게 되는 적요한 겨울 바다도 좋다. 호수를 좋아
한다. 끝도 깊이도 가늠하기 힘든 넓고 맑은 호수의 고요함이 좋다. 느
리게 굽이쳐 흐르는 강도 좋아한다. 강가 주변으로 버드나무가 머리를
늘어뜨리고 산책로에 사람들과 강아지가 한가롭게 거니는 모습이 좋
다. 하지만 살고 싶은 곳이라고 하면 역시 숲이 좋겠다.

숲의 분위기나 풍경을 해치지 않는 작은 둥지 같은 집을 짓고 여름에
는 마당에 꽃과 채소를 가꾸고 겨울에는 집 안에 난로를 피우고 책을
읽으며 살고 싶다. 창밖으로 진녹색 침엽수 위에 하얀 눈 쌓인 깊은 숲
을 바라보며. 쌓인 눈을 헤치고 찾아오는 손님이 있으면 난롯가 자리
를 내어주고 불속에 묻어둔 고구마며 귤을 함께 까먹으며 두런두런 이
야기를 나눌 것이다. 아는 사람이나 모르는 사람에 대한 이야기는 하
지 않고 차를 마시고 창밖의 풍경을 아무 말 없이 함께 바라보고 싶
다. 사람 아닌 작은 다람쥐나 노루가 찾아온다면 더 기쁠 것 같다. 그
런 꿈을 갖고 있다. 아마도 이루지 못할 꿈일 것이다.

집에서 가까운 곳에 교토교엔이 있었다. 봄에는 흐드러지게 피어나
는 매화와 벚꽃으로, 가을이면 곱게 물든 단풍으로 유명하다. 교토교
엔 안에는 교토고쇼(京都御所)가 있다. 교토고쇼는 헤이안 시대부터
1869년 도쿄로 천도한 메이지 2년까지 약 오백 년간 왕이 머물던 왕
궁이다. 당시 왕궁을 중심으로 즐비했던 관료와 귀족들의 저택들을 천
도 후에 헐고 그 자리에 교토교엔을 조성했다. 예전에는 교토고쇼를
관람하려면 사전에 신청을 해야 했지만 지금은 개방 시간 내에 방문하
면 된다. 공원은 늘 자유롭게 드나들 수 있다.

이른 아침이지만 공원 안은 조용한 활기로 가득 차있다. 초록이 주는
생기. 아름드리나무가 우거진 숲 안쪽에서 싱싱한 냄새가 풍긴다. 자
전거가 이따금 지나가고 나무 그늘 아래에는 요가에 열중한 중년 여
성도 보인다. 운동장에서 야구를 하는 소녀들을 잠시 구경하다 숲의
안쪽으로 들어간다. 나무로 지은 작은 오두막집이 보인다. 동화에 나
오는 집 같다. 숲속 도서관이다.

작은 집 모양을 한 도서관 벽에 책이 가지런히 꽂혀 있다. 주로 그림책과 동화책이고 식물도감과 백과사전이 많고 소설책도 더러 있다. 대부분 햇볕과 시간에 빛바래 있다. 장서를 보유한 것도 아니고 부러 찾아올 만큼 대단한 곳도 아니다. 아침부터 엄청 싱거운 짓을 했다. 그런데 그게 꽤나 좋다. 유명 관광지를 찾아가기보다 이런 시시한 일을 공들여 하는 것이 즐겁다. 좀 비뚤어진 인간인지도 모르겠다.

그림책 한 권을 골라 두터운 그늘 속에 자리를 잡고 앉는다. 주위에는 벤치도 많지만 베어낸 나무들이 듬직하게 누워 있어 훌륭한 의자가 되어준다. 물을 마시고 집 앞 빵집에서 사온 빵도 먹는다. 더위는 숲의 저편으로 물러나 있다. 나무 사이로 이따금 바람이 불어오고 머리 위에서 매미가 싱겁게 울다 멈춘다. 눈을 두는 곳, 어디나 초록이다. 그 위로 여름의 햇살이 반짝반짝 빛난다. 한 점 얼룩 없는 청량함. 어느 곳이나 고요히 아름답다. 이런 곳에 집을 짓고 살지는 못해도 가까이 두고 아침마다 걷고 싶다. 빛이 사위어가는 오후에 걸어도 물론 좋겠지.

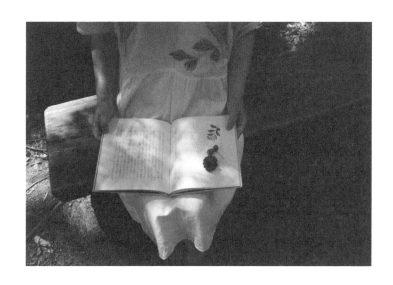

숲을 빠져나와 교토고쇼 앞 너른 마당을 걷는다. 왕궁의 담장을 따라 그늘 속을 달리는 여학생 두 명이 보였다. 체육 꿈나무인가, 매일 뛰는 건가, 몇 바퀴나 뛰려나, 그런 게 궁금해서 한참 지켜본다. 아무것도 의식하지 않고 달리는 데만 집중한 모습이 보기 좋다. 왕궁의 입구에 배낭을 멘 관광객들이 안을 기웃거리고 있다.
구경할까 물으니 동생이 대답한다. 빙수나 먹으러 가자.
이렇게 아침 산책은 끝. 빙수를 먹으러 간다.

별을 노래하는 마음

교토교엔 길 건너에 있는 도시샤대학교에 잠시 들렀다. 학교 안에는 윤
동주와 정지용의 시비가 있다.

윤동주는 1942년에 도시샤대 문학부 영문과에 입학해 공부하던 중
1943년 7월 독립 운동을 했다는 혐의로 체포되었다. 교토대학교에 다
니던 고종사촌 송몽규도 함께 검거되었다. 실형을 받고 후쿠오카 형무
소에 수감된 윤동주는 해방을 6개월 남겨두고 옥사한다. 윤동주가 하
숙하던 곳은 현재 교토조형예술대가 있는 이치조지였다. 하숙집에서
도시샤대까지 3킬로미터 정도의 거리를 가모가와 강을 건너 교토고쇼
를 지나 매일 걸어 다녔다. 윤동주가 옥사한 지 3년이 지난 뒤 도시샤
대는 장기결석과 학비 미납으로 윤동주를 제명했다. 그리고 그의 사후
50년 만에 윤동주의 시 '서시'를 새긴 시비를 세웠다.

윤동주의 시비 바로 옆에는 정지용의 시비가 서있다. 정지용은 1923
년부터 1929년까지 도시샤대 문학부 영문과에서 공부했다. 윤동주의
선배가 되는 셈이다. 정지용은 유학 당시 교토의 풍경과 생활을 소재
로 많은 시를 썼는데 이때 쓴 '압천'을 윤동주가 좋아했다고 한다. '압
천'은 가모가와 강(鴨川)을 배경으로 쓴 시다. 정지용은 1948년 윤동
주 일가가 낸 유고시집 <하늘과 바람과 별과 시>의 서문을 썼다. 정
지용의 시 '압천'을 새긴 시비는 2005년, 정지용의 고향 옥천에서 힘
을 모아 도시샤대에 세웠다. 그렇게 문학적 선후배이자 동료이던 두 사
람은 나란히 한 방향을 보고 서있게 되었다.

윤동주의 시비 맞은편 벤치에 한동안 앉아 있었다. 등 뒤로는 색색의
스테인글라스 창이 난 작은 예배당이 서있다. 시인도 교정을 걸으며
예배당에서 울리는 종소리를 들었겠구나, 어느 날엔가는 예배당 안에
앉아 조국의 광복을 빌기도 했겠지, 가모가와 강을 지나며 고향의 가
족과 친구, 하늘과 별을 그리워한 날도 있었겠지. 나는 교정에 울려 퍼
지는 종소리를 들으며 그의 시를 가만히 읽었다.

가모가와
鴨川

아침의 숲, 저녁의 강

해 질 녘이면 종종, 가모가와 강가로 갔다.
우리 집에는 자전거가 두 대 놓여 있었다. '자전거를 타고 교토의 구석
구석을 즐겨 보세요'란 집 주인의 상냥한 배려다. 집에서 가모가와 강
까지는 열심히 달리면 20분쯤 걸린다. 강은 도심에서 보던 것보다 폭
이 좁고 물살이 한층 경쾌하다. 수령이 오래된 울창한 나무들이 그늘
을 드리우고 나지막한 집들이 단정하게 이어진 사이로 조용히 강이 흐
른다. 목이 긴 왜가리와 태평하게 헤엄치는 오리들이 보인다. 노랗게
노을이 물들고 있다.

한낮의 더위가 꺾이고 강에서 불어오는 바람이 선선하다. 해 질 녘 강가는 어쩐지 조금 쓸쓸하다. 집으로 돌아가고 싶기도 하고 이대로 조금 더 앉아 있고 싶기도 하다. 시인 정지용도 해 질 녘 여름 가모가와 강을 오랫동안 바라봤던 것 같다. 수업을 마치고 하숙집으로 돌아가는 길, 문득 느끼는 수박 냄새 품은 저녁 물바람. 오렌지처럼 빛나다 사위어 가는 해를 등 뒤로 하고 집으로 돌아가 책상에 앉아 밤새 쓰고 지우며 한 줄 한 줄 시를 써나갔겠지.

수박 냄새 품어오는 저녁 물바람,
오랑쥬 껍질 씹는 젊은 나그네의 시름.

압천 십리 벌에
해는 저물어……저물어……

─정지용의 '압천' 중

이제 집에 갈까, 하고 한동안 강을 따라 걸었다. 물비린내를 품은 길고 서늘한 바람이 불어왔다. 오리 떼는 여전히 강 위에 희미한 물그림자를 만들며 헤엄치고 있다. 아직 환한 하늘에 작고 하얀 달이 떴다. 나는 무엇을 쓰고, 무엇을 쓰지 않고 살 수 있을까.

花も
ももも
하나모모

일인분의 소바

이른 저녁을 먹기로 했다. 무더운 날이었다. 시원한 국물 한 그릇 후루룩 들이키면 살 것 같았다. 저녁 메뉴는 고민할 것도 없이 소바다. 상당히 괜찮은 소바 집을 하나 알고 있다.

교토교엔 부근에 위치한 하나모모는 아담한 가게다. 매일 메밀을 직접 소분하고 반죽해서 면을 뽑아내는 집이다. 주인은 '교토 소바 신'의 제자였다는 소문이 있다. 알음알음으로 찾아오는 사람들로 가게 앞에는 늘 줄이 늘어서 있다.

이른 시간이어서인지 다행히 기다리지 않고 들어갈 수 있었다. 가게에 들어서자 어서 오라는 인사 소리가 들렸다. 주방에서 고개를 내밀고 우리를 본 주인의 얼굴에 몹시 난처한 표정이 떠올랐다. 오늘 준비된 소바가 일인분 분량만 남아 있다는 것이다. 고개를 조아리는 주인을 뒤로 하고 하릴없이 발걸음을 옮겼다. 다섯 시가 조금 넘은 시각이었다. 이제 막 저녁 장사를 시작했을 텐데 재료가 다 떨어졌다니, 아무리 장사 잘 되는 집이라도 장사 시작하자마자 끝이라니, 말이 되나. 혹시 그거 아닌가. 없는 게 아니라 우리한테 안 팔고 싶은 거, 그거 아냐? 여러 모로 찜찜했다.

그때였다. 뒤에서 "스미마셍!" 하고 외치는 소리가 들렸다. 고개를 돌려보니 앞치마를 한 여자가 슬리퍼를 신고 타박타박 소리를 내며 우리를 향해 뛰어오고 있었다. 여자가 우리 앞에 멈추더니 가쁜 숨을 몰아쉬었다. 그러고는 말했다.

"이나카소바는 안되지만 자루소바 종류라면 가까스로 이인분이 될 것 같습니다만."

하나모모의 직원이었다.

이나카소바(田舍そば)는 '시골 소바' 라는 이름답게 메밀의 거뭇한 껍질을 갈아 넣어 향이 강하고 다소 거칠고 투박한 질감이 나는 소바다. 일본인들은 이 소박한 맛을 즐기는지 소바집 어딜 가나 이나카소바는 늘 빨리 품절되곤 한다.

나는 직원의 상기된 얼굴을 넘겨다보았다. 가게가 저만치 보였다. 백 미터쯤이려나. 아니, 이백 미터 정도는 될 듯싶다. 가게에서 이백 미터 거리를 뛰어온 것이다. 괜찮으시겠습니까? 하고 직원이 물었다. 물론 우리는 괜찮았다. 직원이 기쁜 표정을 짓더니 우리에게 천천히 오시라고 말하고 몸을 돌리자마자 가게를 향해 달렸다. 우리는 직원이 말한 대로 천천히 가게로 돌아갔다.

이윽고 소바 두 그릇이 나왔다. 젓가락을 들고 각자 그릇을 향해 고개를 숙였다. 상큼한 향이 코끝에 스쳤다. 얇게 썬 영귤을 띄운 스다치소바는 여름 한정 메뉴다. 맑은 쯔유 국물에 잠자리 날개처럼 투명한 스다치가 둥실 떠올라 있다. 후루룩 소리를 내며 면을 먹는다. 산뜻하게 입에 착 감기었다. 나무랄 데 없는 맛이다. 저녁이 설핏 깃든 가게 안에는 우리가 면을 씹고 국물을 마시는 소리만 고요히 울렸다. 찾아 주셔서 감사하다는 인사를 뒤로 하고 가게를 나왔다. 길을 건너다 돌아보니 가게 문 앞에 걸려있던 포럼이 걷혔다. 우리가 마지막 손님이었다.

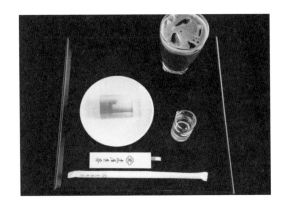

가만히, 마음이 향하는 대로

교토교엔 근처는 곳곳에 붉은 백일홍이 핀 단정한 주택가가 이어진다. 천도하기 전 이 동네에는 관료와 귀족들의 저택과 궁전에 소용되는 물건들을 납품하는 가게들이 즐비했을 것이다. 지금은 조용하기만 한 주택가 한쪽에 490년 전통의 화과자점 토라야가 있다. 토라야는 오랫동안 왕실에 과자를 납품했다. 토라야 과자를 너무도 좋아했던 천황이 천도할 때 일족을 데려가 도쿄에 가게를 열게 했다고 한다. 그래서 일본에서도 토라야가 도쿄 브랜드인 줄 아는 사람이 많다고 한다. 본점은 여전히 교토교엔 근처에 있다. 호랑이 그림 그려진 토라야의 선물 상자를 받고 싫어하는 사람 없다는 말을 들었다. 비싸고 맛있다는 뜻일 게다. 토라야는 '호랑이 가게' 쯤 되는 이름이다. 토라야에서 제일 유명한 것은 양갱이다.

팥을 좋아한다. 팥이 들어간 것은 뭐든 좋다. 노인네 취향이라고 놀림받으면서도 마트 아이스크림 통에서 고르는 건 언제나 팥이 든 것이다. 빵 중의 으뜸은 물론 단팥빵이다. 여름이 좋은 건 팥빙수를 하루에 한 번씩 먹을 수 있기 때문이다. 두 번 먹으면 더욱 기쁘다. 붕어빵과 호빵이 있어서 그나마 겨울은 견딜 수 있다. 일본의 편의점에서 내가 집어 드는 건 곤약젤리가 아닌 양갱이다. 이렇게 팥을 좋아하니 귀신이 내 곁에 얼씬할 일은 없다고 생각하는데 꿈자리는 늘 뒤숭숭하다. 내 앞에 놓인 접시 위에 반듯하게 잘라낸 푸른 물과 하얀 얼음이 놓여 있다. 여름 한정의 양갱이다. 내가 생각했던 양갱의 모습과는 조금도 닮아 있지 않다. 단정한 자태와 말갛게 고운 색. 너무 예뻐서 차마 먹지 못하고 가만히 바라만 본다. 결국엔 먹겠지만 먹는 순간을 최대한 미루고 싶다. 아니, 어서 먹어 보고 싶기도 하다. 양갱을 두고 이렇게 복잡한 마음을 갖게 될지 몰랐다. 결심하고 포크를 들었다.

사르르 사라졌다.

맛을 느꼈나 하는 순간, 허무하게 사라지고 없다. 상상대로 매끈하고 달콤하고 청량했지만 상상했던 어떤 맛도 아니다. 뭐랄까. 아주 차갑고 맑은 물속에서 처음 보는 예쁜 물고기를 잡았다가 놓쳐버린 기분이다. 손에는 작고 애처로운 파닥거림이라든지, 부드러운 지느러미의 감촉이 그대로 남아 있는데 물고기는 영영 사라져버린 것이다. 어딘지 쓸쓸함이 남는 맛이다. 여름으로, 아주 먼 여름으로 다녀온 기분이 드는 양갱의 맛이었다.

가끔 멀리 떠나온 듯한 기분을 주는 맛이 있다.

취향은 금붕어

동생과 나는 오랫동안 함께 여행해 왔다. 제법 잘 맞는 여행 파트너인가 싶지만 여행할수록 알게 된다. 우리는 너무 다르다.

우리는 꽤 오래 알고 지낸 사이다. 나는 동생이 태어나서 엄마 품에 안겨 처음 집에 온 순간마저 또렷이 기억하고 있다. 지금은 따로 떨어져 살고 있지만 한동안 둘이 살았던 적도 있다. 게다가 현재는 함께 출판사까지 운영하고 있으니 혈연과 비즈니스 등등으로 이래저래 엮여 있는, 정말 떼려야 뗄 수 없는 긴밀한 관계다. 서로의 옷장 안에 뭐가 들어 있는지 시시콜콜 알고 있는 사이라고 생각했지만 그것은 착각이었다.

오래 알고 지냈다는 것이 잘 안다는 의미는 아니다. 서로에 대한 새로운 발견은 이상하게도 여행지에서 종종 일어난다. 한 사람의 성향과 취향을 고스란히 드러낼 수 있는 기회, 그것이 여행이다. 친한 친구와 여행 갔다 다시는 보지 않게 된 경험이 있다면 무슨 말인지 알 것이다. 물론 나쁜 점만 보이는 건 아니다. 내게 없는, 혹은 내게 부족한 점을 상대방에게서 발견할 수 있다. 매력적이다. 그런 파트너와 함께 한다면 여행은 더욱 풍성해진다. 다만 좋은 점보다는 나쁜 점이 크고 도드라져 보이는 법, 그것이 문제다.

여행의 발견, 동생은 아이스크림과 빵을 좋아하지 않는다. 놀라운 일이다. 그것을 내가 몰랐다는 게 놀랍다. 아이스크림과 빵을 좋아하지 않을 수 있다는 게 더욱 놀랍다. 가만 보면 빵 좋아하는 나보다 빵을 더 많이 먹는 것 같은데 그렇다면 빵을 좋아하는 게 아니냐고 물어보니 동생은 아니라고 한다. 뭐, 그렇다면 별 수 없다. 동생은 빵을 별로 안 좋아하는 취향이다. 우리는 서로의 취향을 완전히 이해하지는 못하지만 존중은 할 수 있다.

집에 돌아오는 길이면 동생의 손에는 빵이, 내 손에는 떡이 들려 있다. 매일 신나게 빵집과 떡집을 드나들기 때문이다. 빵도, 떡도 다 내가 고른 것이지만 늘 빵 봉지는 동생에게 들려주고 나는 떡을 품에 안고 온다. 떡이 빵보다 소중하냐고 묻는다면 그렇다고 자신 있게 말할 수는 없다. 빵은 빵대로 떡은 떡대로 소중하다. 다만 떡은 좀 더 조심히 다뤄야 할 필요가 있다. 눌린다거나 비뚜름하게 들었다가는 모양이 변할지도 모르기 때문이다. 자고로 '첫 맛은 눈으로, 끝 맛은 혀로 즐긴다' 는 말이 있다. 그렇다. 나는 화과자를 사서 두 손으로 공손히 집까지 모시는 중이다.

일본어로 와가시(わがし)라고 하는 화과자는 과거에 궁중에서 신에게 바치는 음식으로, 왕족과 일부 귀족만 맛볼 수 있었다. 수분의 정도에 따라 나마가시(생과자), 한나마가시(반생과자), 히가시(건과자) 등으로 나뉜다. 화과자 하면 떠오르는 아름다운 모양의 과자들과 찹쌀떡, 당고 등이 나마가시 종류다. 한나마가시로는 양갱이나 모나카 등이 있다. 히가시는 건조시켜 만든 것으로 강정이나 센베이, 별사탕과 같은 콘페이토우 등이 있다.

교토의 유서 깊은 화과자점들은 가게 앞이나 안쪽에 납품하고 있는 왕실이나 신사 등의 이름을 적은 간판을 걸어 놓는다. 이런 과자점은 철따라 계절감을 살린 아름다운 화과자를 선보인다. 그런가 하면 서민들이 군것질 삼아 먹을 수 있는 과자를 파는 소박한 가게들도 있다. 주로 떡이나 앙금을 넣은 만쥬나 당고 등을 판다. 소박한 과자점이라고 해도 대를 이어 장사해온 곳이 많다. 백 년 넘게 장사해온 데마치후타바(出町ふたば)는 늘 길게 줄서 있는 떡집인데 콩을 넣은 마메모찌가 정말 맛있다.

우리 집에서 멀지 않은 곳에 있는 코우라쿠야(幸楽屋)는 찹쌀떡과 만쥬, 사탕 등을 파는 소박한 과자점이다. 특히 콩고물을 입힌 와라비모찌가 맛있어서 늘 일찌감치 다 팔리고 없다. 고운 할머님이 언제나 친절하게 맞아주는데 주문하면 포장에 10초도 안 걸리고 손끝이 어찌나 야무진지 늘 감동하게 된다. 가격도 저렴하다. 이래저래 자주 갈 수밖에 없는 가게다. 이 소박한 과자점의 명물이 여름 한정 메뉴로 내놓는 킨교바치(金魚鉢)다. '금붕어 어항' 이라는 이름처럼 푸른 물방울 속에 붉은 금붕어가 하늘거리는 아름다운 화과자다.

물을 끓여 차를 우린다. 복숭아 모양 화과자를 맛본다. 부드러운 앙금이 입속에서 부드럽게 뭉개지며 녹는다. 이건 새의 알인가, 하며 소용돌이치는 초여름 빛 같은 화과자를 반으로 나누어 먹는다. 금붕어는 남겨둔다. 가장 좋은 것은 가장 먼저, 라는 게 내 인생 신조지만 이것만은 차마 먹을 수 없다. 아무래도 이 화과자는 입보다는 눈을 위해 만들어진 것 같다. 바라보고 있는 것만으로 여름 기분이 오롯이 든다. 잔잔하게 스며드는 여름의 기쁨. 결국에는 한 마리씩, 동생과 나누어 먹겠지만.

동생이 떡을 좋아하는지 모르겠다. 함께 열심히 꿀떡꿀떡 먹었으니 싫어하는 것 같지는 않지만, 그게 반드시 좋다는 의미는 아니다. 나의 취향을 존중해주는 의미로, 동생은 좋아하지도 않는 떡을 먹어주고 있는 건지도 모른다.

마트 계산대 앞에는 양갱이나 당고, 시소 잎에 싼 떡 등이 초콜릿이나 껌 같은 미끼 상품처럼 놓여 있다. 어김없이 걸려들어 장바구니에 집 어넣고 만다. 곶감 빼먹듯, 꼬치에 꿴 달짝지근한 떡을 쏙쏙 빼먹는 맛에 가산을 탕진할 지경이다. 쌀가루로 만든 경단을 꼬치에 꽂아 겉만 살짝 구워 간장과 흑설탕으로 만든 소스를 발라 먹는 미타라시 당고 는 교토의 시모가모 신사에서 처음 만들어졌다고 한다. 신사 안에 있는 미타라시 연못에 솟는 물거품 모양을 본떠서 만든 동글동글한 떡을 미타라시 축제 때 신전에 올렸다고 해서 '미타라시 당고' 라 불렸다. 매일매일 당고당고한 나날이다.

일본 과자점의 수준은 모나카로 결정된다고 하는 글을 읽은 적 있다. 그 정도 감별 능력은 없지만 본토초 골목 안쪽의 과자점에서 귀여운 모나카를 보자 사지 않을 수 없었다. 포장을 풀자 귀여운 그림이 그려져 있는 설명서에 −안에 들어있는 팥가루에 물을 부어 팥물을 만들어 그 안에 모나카를 담가 드세요− 라고 쓰여 있었다. 그대로 했더니 가련한 작은 새가 점점 가라앉고 만다.

몽상가의 산책

숲과 책

울창한 숲에 들어서자 주위보다 온도가 확실히 낮아진 듯하다. 그 온도 차만큼 주위와 어긋난 장소에 온 기분이 들었다. 한차례 쏟아진 비에 씻긴 초록 냄새가 풍겨 왔다. 다다스 숲이다. 교토의 북쪽, 시모가모 신사 경내에 있는 깊고 너른 숲. 4700여 그루 나무가 천 년 넘은 세월 동안 이 숲에 살아왔다.

신사의 도리이를 지나자 숲 입구에 빙수를 파는 노점에서 귀여운 소녀가 "빙수와 핫도그는 어떤가요?" 하고 명랑하게 손님을 부른다. 하마터면 스르르 홀릴 뻔했지만 정신 차리자고 마음을 다잡는다. 이 숲에는 홀릴 만한 것들로 가득 차 있어 까딱하면 얼마 없는 정신마저 탈탈 털리고 만다. 매미 소리가 부드럽게 원을 그리는 숲의 안쪽, 짙은 그늘을 따라 하얀 천막이 줄을 잇고 있다. 천막마다 음험한 기운이 분출하고 수상한 냄새가 풍겨온다. 홀리고 마는구나, 하는 강력한 예감에 몸서리친다. '시모가모 납량 헌책 축제' 라고 쓰인 깃발이 펄럭인다. 소설 그대로다.

교토, 하면 무엇을 떠올리는지 궁금하다. 옛 가옥이 줄지은 단정한 거리와 정갈한 음식, 혹은 고즈넉한 절과 신사. 어쩌면 금각사와 동명의 소설을 떠올릴지도 모르겠다. 내게는 떠오르는 소설가가 있다. 모리미 토미히코다.

나라 현에서 태어나 교토대를 졸업하고 교토를 무대로 한 소설을 주구장창 써대고 있는 작가다. 이게 뭐람, 하며 피식거리게 되는 실없는 소설들이다. 어떤 편인가 하면 그런 실없는 소설들을 나는 상당히 좋아한다. 모리미 토미히코의 소설에는 폐인에 가까운 괴상한 교토대생들이 주인공으로 등장해서(너구리와 아름다운 아가씨가 주인공으로 나오기도 한다) 교토대와 가모가와 강, 본토초 등을 좌충우돌 누빈다(누빈다기보다는 마치 홀린 듯 헤매는 것처럼 보이기도 한다). 모리미 토미히코의 소설 자체가 교토, 그야말로 교토다.

토미히코의 소설 중 <밤은 짧아 걸어 아가씨야>란 소설은 교토 여행 가이드북으로 삼아도 손색이 없을 정도다. 친구 펀치를 휘두르는 묘한 매력을 지닌 단발머리 후배를 흠모하는 주인공의 짝사랑 외길 인생을 그린 소설에 바로 이 다다스 숲이 나온다. 물론 여름 헌책 축제가 배경이다. 단발머리 후배가 헌책 더미를 뒤지며 간절히 찾는 그림책 <라타타탐>을 손에 넣기 위해 주인공은 다다스 숲에서 한바탕 사투를 벌인다. 물론 사투의 종착지는 사랑이다. 종착역을 향해 주인공은 궤도를 이탈한 열차처럼 폭주한다.

'시모가모 납량 헌책 축제'는 해마다 더위가 맹위를 떨치는 8월 중순, 엿새 동안 다다스 숲에서 열린다. 교토에 있는 서른 개 넘는 헌책방이 축제에 참가한다. 문고본과 잡지와 아트북, 만화, 그림책에 이르기까지 종류도 다양하고 고서부터 최근의 책까지, 방대한 양의 책을 저렴한 가격에 판매한다. 원하는 책을 건지려고 부지런히 발품 파는 사람들은 마치 숲속의 보물찾기에 나선 것 같다. 수상쩍게 책 사이를 돌다 눈을 빛내며 책을 집어 들고 책장을 넘기다 이윽고 조용히 흥정을 마친다. 그 과정은 한껏 여유롭고 낙낙해 보인다. 소설에 나온 문장대로 '사람들은 많은데 떠들썩함이 없다'. 그 풍경이 묘하게 마음에 든다.

'납량'이라는 단어를 사전에서 찾아보면 이렇다.

'여름철에 더위를 피하여 서늘한 기운을 느낌.'

절묘하다. 숲과 책이야말로 납량에 딱이다. 도심의 에어컨과는 완전히 다른 온도의 서늘함이다. 그것은 여유의 다른 말일 것이다. 일상에 틈을 내 한가함을 즐기는 것, 그것이 더위를 피하는 법이다. 수박을 쪼개 먹으며 서늘한 마룻바닥에 배를 대고 엎드려 책을 읽는 게 최고의 피서 법임을 교토 사람들은 오래 전에 터득한 것이다.

숲속 헌책 사이를 느긋이 걷는다. 헌책과 숲이라는 두 가지가 어우러진 헐거움이 뭐라 말할 수 없는 즐거움을 준다. 여름의 기분이다. 여름 숲의 헐거움이다.

비에 젖은 나무 사이로 비쳐드는 햇살의 기척과 곳곳에 피워놓은 모기향 연기와 헌책에서 풍기는 어딘지 모르게 그리운 냄새가 뒤엉킨 숲속을 걷노라니 몽롱해진다. 어쩐지 비현실적인 곳에 있는 것 같다. 오래된 숲과 책의 시간 속을 걷는다. 숲을 흔들고 지나가는 바람 속에서 무슨 소리가 들리는 것 같다. 가만히 귀를 기울여 보니 이런 소리다.

'축제는 짧아, 사라 이 양반아.'

한참 시간이 지난 뒤 숲을 빠져 나오고 보니 내 손에는 언제, 무슨 이유로 샀는지 모를 책이 한아름 들려 있었다. 그중에는 영혼이 깃든 인형들을 모아놓은 사진집과 유에프오(UFO)를 다룬 잡지도 한 권 있었다. 홀리고 말았다.

가모가와 델타와 피리 부는 대학생

다다스 숲을 벗어나 조금 걸으면 가모가와 델타가 나온다. 가모 강과 다카노 강의 두 물줄기가 합류하는 지점에 섬처럼 생긴 삼각주가 형성된 기묘한 곳이다. 교토대 학생들이 신입생 환영회니, 동아리 뒤풀이를 한다며 대낮부터 술판을 벌이는 대단히 낭만적인 곳이라 들었으나 한가롭게 산책하는 이들과 강가에 둘러앉아 근처 데마치후타바에서 산 콩떡을 음미하는 여행객들과 부모와 함께 물놀이를 하는 천진난만한 어린 아이들이 보일 뿐이다. 어느 모로 보나 건전한 풍경이다. 가모가와 델타에 대한 낭만적인 정보를 얻은 건 모리미 토미히코의 <다다미 넉 장 반 세계일주>라는 소설에서다. 소설의 주인공은 가모가와 델타에서 뒤풀이를 하는 동아리 멤버들을 음냐, 음냐 지켜보다 삼각주 위로 피어오르는 풋풋한 사랑이라든가 불타는 열정을 조롱하며 '남의 불행을 반찬 삼아 밥을 세 그릇은 먹을 수 있는' 후배 오즈와 함께 복수를 감행하지만 늘 그렇듯 복수는커녕 음냐, 음냐 망신살만 뻗치고 만다.

내친 김에 교토대학교까지 가보기로 했다. 혹시 모리미 토미히코 때문이냐고 묻는다면 콩떡의 콩쯤은 되는 동기 부여가 됐다고 할 수 있다. 목표는 교토대의 간판스타 시계탑을 구경하는 것. 소설 속 주인공이 입학한 뒤 2년이라는 시간 동안 청춘, 사랑, 면학이라는 단어와 전혀 관계없이 실익 있는 일이라고는 단 한 번도 하지 않고 찌질함의 결정체로 화하게 된 원인, 영화 동아리 '계'가 신입 회원을 모집하던 곳이 바로 시계탑이다. 정문에 들어서자마자 시계탑이 기다렸다는 듯이 나타난다. 예상과 달리 번듯하다. 싱거워지고 만다.

여행지에서 부러 대학교를 찾아간 적이 몇 번 있다. 시애틀과 스톡홀름, 치앙마이, 삿포로, 홍콩과 파리. 울창한 숲이나 시원한 호수를 끼고 조용히 건물이 들어서 있는 아름다운 캠퍼스들이었다. 파리의 대학은 학생 식당이 훌륭하다고 해서 찾아가 보았는데 학생 식당이 대개 그렇듯, 싸고 푸짐했다(디저트로 나온 크림브륄레는 무척 근사했다). 교토대학교 캠퍼스는 아름답지 않기로 유명하다. 그리고 학교 분위기가 자유롭기로도 유명하다고 한다(혹자는 매우 아카데믹한 분위기라고 말한다). 그래서 많은 작가와 사회학자, 철학가들을 배출했는지도 모른다. 과연 멋이라든가 고풍 같은 것에는 별 관심 없는 듯한 건물들이 자유분방하게 나타난다. 울창한 나무는 제법 근사했다.

교정 안은 조용했다. 방학이라 그런가 했는데 건물 앞에 주차된 수많은 자전거들을 보니 다들 어디 음습한 동아리 방에 틀어 박혀 있는 게 아닐까 싶었다. 시계탑을 마주 보는 위치에 있는 카페테리아로 들어갔다. 모여 앉은 학생들이 대화하는 소리로 조금 떠들썩하고 에어컨 바람이 시원하고 창밖으로 시계탑이 잘 보였다. 파르페도 맛있었다. 영화 동아리 '계'가 들를 만한 곳은 아니군, 하는 생각이 들었다. 너무 화사하고 밝다.

교토를 떠나 집에 돌아와 책장에서 모리미 토미히코의 책을 찾아보았다. 꺼내 보니 일곱 권이나 돼서 이걸 정말 내가 다 샀단 말인가 하고 깜짝 놀랐다. 쌓아 놓고 보니 탑을 이룬다. 베개로 삼기에도 너무 높다. 제정신이 아니었던 것 같다. 자고로 뭔가를 좋아하는 마음은 제정신으로는 불가능한 법이다. 이왕 쌓아 놓았으니 한 권 한 권 다시 읽기 시작했다. 전에 읽었던 때와는 사뭇 달리 읽힌다. 소설의 배경이 3D 입체 홀로그램처럼 영롱하게 떠올랐다.

그러니까 이곳에서 이쪽으로 이동했군. 주인공이 다녔던 곳들이 생생하게 지도로 그려진다. 가모가와 델타와 본토초, 기온 거리와 철학의 길, 데마치후타바 떡집과 니시키시장의 철물점, 하숙집 2층에 사는 수상쩍은 스승의 분부로 거북이 수세미를 사기 위해 간 곳은 산조의 이백 년 된 가게 나이토쇼텐(內藤商店)이다.

<밤은 짧아 걸어 아가씨야>에서 단발머리 후배를 위해 사투를 벌였던 다다스 숲은 <다다미 넉 장 반 세계일주>에 다시 등장해 주인공은 이곳 헌책 시장에서 <해저 2만리>를 구입한다. <유정천 가족>의 '몸속에 매우 진한 바보의 피가 흐르는' 명문가 너구리 가족이 둥지를 틀고 사는 곳 역시 다다스 숲이다. 벌어지는 일 족족 해괴망측하고 하는 일마다 쓸모없는 짓뿐이다. 모리미 토미히코는 "교토에서라면 다소 이상한 일이 벌어져도 독자들이 그러려니 해줄 것이라 생각했다."라고 이야기한 바 있다. 그 마음 이제 어렴풋이 이해한다.

카페테리아에서 나오니 피리 소리가 들려온다. 소리 나는 곳을 찾으니 나무 아래에 한 남학생이 앉아 무념무상의 표정으로 피리를 불고 있다. 역시 교토대생이군. 연주는 신통치 않았으나 학생은 언제까지나 연주를 멈추지 않았다.

부드럽지만 확고한 팬케이크

교토대 북문 앞에 오래된 카페 신신도가 있다. 1913년 문을 연, 교토 최초의 서양식 카페. 창업자 츠즈키 히토시는 프랑스에 제빵을 배우러 갔다가 파리의 카페 문화에 깊은 인상을 받고 일본으로 돌아와 빵집을 겸한 카페를 열었다. 처음 보는 프랑스빵에, 차 대신 커피를 파는 이국적인 공간은 서양 문물에 목말라 하던 교토 젊은이들 사이에 단숨에 핫플레이스로 떠올랐고 백 년이 지난 지금도 여전히 사랑받고 있다.

카페 안은 고요히 그늘이 퍼져 있다. 간격을 두고 놓인 널찍한 테이블에는 따로 온 손님들이 합석해 앉아 빵을 먹고 커피를 마시고 혹은 카레라이스를 먹거나 책을 읽으며 각자의 시간에 몰두해 있다. 음악 소리 대신 무겁지 않은 침묵으로 채워진 카페는 구석 자리에 앉아 하염없이 책을 읽고 싶어지는 도서관처럼 느껴졌다. 좋은 카페였다. 어째서 좋은가 하고 물어 보면 잘 모르겠다. 싫은 이유는 분명하지만 좋은 이유는 명확하게 말할 수 없다. 어슴푸레하고 모호하지만, 어쩐지 좋은, 그런 기분이 들었다.

동생과 함께 낸 제주도 여행서의 개정판 작업을 하며 우리가 좋아했던 상당수의 카페를 더 이상 책에 싣지 못한다는 것을 알게 되었다. 카페 들이 없어졌기 때문이다. 우리가 좋아하던 카페들은 대부분 도시에서 제주도로 삶을 옮겨간 초기 이주민들이 운영하는 카페였다. 선점한 덕 에 좋은 풍광을 두고 자리를 잡았지만 주위 풍경을 해치거나 도드라 지지 않고 조용하게 아름다운 곳들이었다. 대개는 예전에 창고로 쓰 이거나 가정집이던 건물을 크게 손보지 않고 대신 바깥이 잘 내다보 이는 창을 내고 그 안에 단정한 가구를 놓고 초록 화분 몇 개를 둔 수 수한 공간들이었다. 좋은 커피를 냈고 커피와 잘 어울리는 괜찮은 디 저트가 있었고 한두 개쯤 있는 식사 메뉴는 소박하지만 충실했다. 주 인은 딱 좋을 만큼 무심하게 친절했고 카페 안에는 잔잔한 음악이 흐 르고 구석에는 내가 읽었거나 읽고 싶은 책들이 쌓여 있었다. 그다지 크지 않은 공간에 손님들이 꽉 차 있어도 이상하게 그다지 소란스럽지 않았다. 주인뿐만 아니라 손님들 역시 그 공간을 소중히 여기고 존중 하는 마음이 만들어낸 차분한 분위기였다. 좋았다. 그런 곳들이 사라 져버리고 없는 것이다. 물론 자발적으로 장사를 접은 곳들도 있을 것 이다. 그 사정은 일일이 알지 못한다.

다시 찾아가도 그 자리에 변함없이 있으리라고, 그 생각만으로도 마음에 가만히 바람이 드나드는 기분이 드는 곳들이 이제 더 이상 없다는 게 안타깝다. 너무 뜨겁지도 냉정하지 않고 적절한 온도를 유지한 채, 오래도록 변치 않고 남아 있는 것과 장소들을, 나는 좋아하는 것 같다. 새로운 건 많이 봤고 앞으로도 계속 생길 것이다. 새로운 것에 열광하던 때도 있었지만 지금은 좋은 것을 오래 두고 보고 싶다. 오랫동안 유지한다는 것이 얼마나 힘든지 조금은 알게 됐기 때문이다.

신신도 안에 있는 것들은 어느 것이나 오래되고 조금은 낡아 있다. 긴 시간 동안 마음을 기울여 가꾸고 유지해왔음이 느껴진다. 조용한 자부심이 전해지지만 잘난 척하는 기색은 조금도 없다. 젊은 직원들은 약간 서투르지만 친절했다. 카운터 안쪽에서 묵묵히 커피를 내리는 마스터의 머리 위로 오래된 세이코 시계가 걸려있다. 오래된 것이 주는 오롯한 울림이 있다. 이따금 신선한 공기와 빛이 넘나든다.

크림소다 위의 아이스크림이 부드럽게 녹아내렸다. 버터가 촉촉하게
스며든 팬케이크를 잘라 입에 넣는다. 다정하고도 확고한 맛이 난다.

오래된 카페의 모닝 세트

이른 아침, 거리는 아직 쓰지 않은 햇살로 반짝반짝 빛나고 있었다. 문
을 열지 않은 상점 안을 기웃거리며 인적 없는 거리를 할랑하게 걸어
이노다커피점에 도착했다. 하얀 셔츠를 입은 직원이 작은 정원이 내다
보이는 테이블로 안내한다. 차가운 물을 따르고 메뉴판을 건네준다.
모든 동작이 정중하고 절도 있다. 기계적이라기보다는 몸에 밴 듯 자
연스럽다. 호들갑스러운 환대는 없지만 대접받고 있다는 기분이 든다.
모닝 세트를 주문했다.

이노다커피점은 1940년에 원두도매상으로 시작해 1947년에 카페를
열었다. 본점은 산조에 있지만 교토 시내에 분점이 여러 곳 있다. 교토
에는 오래된 카페가 많다. 이노다커피점을 비롯해 스마트커피와 오가
와커피, 마에다커피 등이 시간이 지나도 바래지 않는 명성을 유지하
고 있다. 충실한 모닝 세트와 런치 메뉴, 훌륭한 디저트를 낸다. 물론
근사한 커피가 있다.

오픈 시간에 맞춰 서둘러 왔는데도 카페 안은 빈자리가 거의 없다. 공
간이 작은 것은 아니다. 탁 트인 널찍한 홀에 천장이 높고 큰 창으로
빛이 환하게 비쳐 들어 호텔 연회장 같다. 그렇다고 위압감을 주는 건
아니다. 산뜻하게 아취가 있고 어딘지 모르게 편안한 기분이 든다. 그
것은 공간을 채우고 있는 어떤 공기 때문인 것 같았다.

창가 자리에는 이 동네의 오랜 주민임이 분명한 노인들이 앉아 있었다. 대부분 혼자 앉아 신문을 읽으며 커피를 마시거나 크로와상에 버터를 바르고 창밖의 정원을 내다보며 저마다의 아침을 보내고 있었다. 그 모습이 카페의 일부분인 것처럼 자연스럽다. 단골만이 낼 수 있는 아우라가 느껴진다. 얼마나 오래된 단골일까. 젊었을 때부터 줄곧 이 카페를 찾았을까, 아니면 핫플레이스를 찾아다니다 노년이 되면 이 카페를 찾게 되는 걸까. 궁금하다.

생각해본다. 내가 지금 즐겨 다니는 카페 중에 노인이 돼서도 갈 수 있는 곳이 어디일까. 늙은이라고 눈치 주는 기색이 조금이라도 느껴지면 절대 다시 못 갈 것 같다. 결국에는 전통 찻집에서 수정과나 대추차 같은 것을 마시게 될까. 수정과나 대추차를 싫어하진 않지만 달리 갈 곳이 없어서 택해야 한다면 서글플 것 같다. 단골 카페들이 내가 노인이 되기 전에 사라질 수도 있다. 십 년 넘게 한 자리를 지키는 단골 카페를 만나는 건 생각보다 쉽지 않다.

백 년 된 가게쯤은 우습게 여긴다는 이 도시에도 쉽게 생겼다 사라지는 가게들이 물론 있을 것이다. 번화한 도심이라면 부침이 더 심할 것이다. 도시의 역사 한 귀퉁이를 차지하고 있는 오래된 카페의 우아한 힘은 어디에서 오는 걸까. 그것은 도시 곳곳에 퍼져 있는 전설처럼 기이하고 모호하기만 하다. 새로운 것에 대한 열망 한편에는 오래된 것에 대한 노스탤지어가 존재할지도 모르겠다.

오랜 단골은 – 언제부터 단골이었는지 몰라도 분명 어렸을 때 부모의 손을 잡고 이 카페에 들렀을 것이다. 오렌지주스를 마시며 크로와상과 소시지를 먹거나 어느 여름 오후 엄마와 함께 찾아와 파르페나 아이스크림을 먹으며 소위 카페 맛을 알게 된다. 흰 셔츠를 단정하게 입은 직원은 온화한 미소를 띠고 정중한 태도로 몇십 년 후에 단골이 될 어린 손님을 맞아 주었을 것이다. 그런 식으로 손님과 카페는 서로를 키워온 셈이다. 그런 신뢰와 배려가 이 오래된 카페에 기분 좋게 떠돌고 있었다. 근사한 커피 향이 풍겼다. '아라비아의 진주'라는 이름의 커피가 진하고 달콤하다.

1932년 스마트런치라는 경양식집으로 시작한 스마트커피는 얼마 뒤 자가배전을 하는 카페로 새로 문을 열었다. 커피도 근사하지만 튀김정식과 오므라이스 등 훌륭한 런치 메뉴를 맛볼 수 있다.

1971년 오픈한 마에다커피 역시 유명한 카페다. 마에다커피 메이린점은 폐교한 메이린 소학교를 개조한 교토아트센터 내에 있다. 긴 복도를 따라 드르륵 소리를 내는 미닫이문을 열고 들어가 둥근 테이블에 앉아 커피를 마셨다. 건물이 주는 운치가 좋다.

작은 개천이 굽이도는 동네

실개천이 흐르는 조용한 동네에 도착했다. 백일홍이 흐드러지게 피어 있고 말간 햇살이 쏟아져 내린 거리는 빛이 많이 들어간 필름 사진처럼 아련히 아름답다. 가게 앞에 내놓은 먼지 낀 유리그릇마저 화사하게 보였다. 채소를 실은 작은 트럭이 지나가고 레몬 빛 고양이가 느긋하게 길을 건넌다. 이런 곳에서 살아봤으면 하는 마음이 든다. 이런 곳도 살게 되면 모든 것이 심상해 보이게 될까. 길 위에 살포시 떨어져 내린 붉은 꽃잎도, 태평하게 졸고 있는 귀여운 고양이도 눈에 들어오지 않게 될까. 살아보지 않으면 모를 일이다.

줄지은 지붕 아래에는 물론 월세를 내고 대출금을 꼬박꼬박 갚으며 오늘을 고민하고 내일을 걱정하는 일상이 있을 것이다. 하지만 잠시 스쳐 지나가는 여행자의 눈에는 유독 날씨가 화창했던, 그래서 모든 것이 반짝반짝 빛나 보였던 이곳이 근심도 시름도 없는 아름다운 곳으로 기억된다.

여행자는 대체로 관대해진다. 가능한 한 좋은 쪽으로 생각하려 노력하고 불편함은 감내하려 애쓴다. 돈과 시간을 들였으니 그만큼의 즐거움, 아니 이왕이면 들인 것보다 더 큰 즐거움을 누리자고 작정한다. 두고두고 곱씹을 자랑거리 몇 개는 챙겨 돌아가야 한다. 여행지 곳곳

이 아름답고 먹는 것마다 별미다. 날씨만 좋다면 천국이다. 그것은 여행자의 한계이자 특권이기도 하다. 자신이 본 작은 부분만으로 도시를 판단하는 것. 모르는 부분은 영영 모른 채 여행자는 도시를 떠난다. 잠시 머문 도시에 대해 속속들이 안다는 것은 애초에 불가능하다. 운이 없는 경우에는 나쁜 기억만을 가진 채 진저리내며 떠나기도 한다. 쓸모없는 일만은 아니다. 낯선 곳에 간다는 것만으로도 상당한 자극을 받기 때문이다. 생경한 언어와 환경 속에서 무엇 하나 속 시원히 되는 것 없이 어처구니없는 실수를 연방 저지르며 내가 얼마나 무기력한 존재인지, 내가 활개 치던 세상이 얼마나 좁은 곳이었는지, 세상은 얼마나 넓은지, 우주에 비하면 나는 점의 점의 점에도 미치지 못하는 미미한 존재다……. 그런 것들을 화들짝 깨닫게 된다. 운이 좋으면 세상 바보 천치를 도와주는 따스한 구원의 손길을 만나 눈물 흘릴 수도 있다(이것 또한 두고두고 음미할 훌륭한 여행담이 된다). 그러한 자극은 일상을 견디는 작은 활력소가 되어준다. 그리하여 또다시 소중한 돈과 시간을 들여 얼뜨기가 되기를 자처하며 비행기를 타고 떠나는 것이다. 그런 바보짓을, 나는 일삼는다. 그럼에도 불구하고, 떠나지 않을 수 없기 때문이다.

우리를 위로하는 최선의 방법, 그것은 여행의 다른 말일지도 모른다.

손녀의 경양식집

방학 동안 할머니의 가게를 돕고 있다는 손녀는 차가운 물도 따라주고
물수건도 갖다준다. 몸이 재고 싹싹하기 그지없다. 열 살 남짓, 눈동자
가 크고 까맣다. 식사를 마치고 나가는 손님들에게 또 오시라는 인사
를 씩씩하게 하고 빈 테이블을 행주로 쓱쓱 닦더니 가게 한쪽에 앉아
열심히 숙제를 한다. 어디까지나 재미로 합니다, 그런 분위기다. 아이
의 소꿉놀이에 손님 역할로 슬쩍 끼어든 것 같다.

아이에게 식당의 원형은 할머니의 가게일 것이다. 시간이 흐른 뒤 눈
동자가 크고 까만 아가씨가 되어 친구들 혹은 연인과 이런저런 식당
을 가게 된다. 어떤 식당에 가도 자연스레 할머니의 가게와 견주어 보
게 될 것이다. 에헤, 우리 할머니 카레에 비하면 이건 그냥 걸쭉한 노
란 물이구만, 우리 할머니가 구두를 튀겨도 이거보다는 낫겠네, 이런
식으로 말이다. 너무 자주 그래도 곤란하겠지만, 그런 자부심과 자랑
하나쯤은 있으면 좋겠다 싶다. 아무래도 그것은 추억의 맛이라. 실제
보다 조금은 더 근사하고 아름다운. 추억은 따뜻한 수프처럼 마음의
허기를 살짝 달래준다.

여행서나 인터넷 정보 없이 지나다 느낌 좋은 가게에 들어가 보고 싶다. 맛집으로 소문난 곳도 아니고 줄도 서지 않지만 저녁이면 동네 사람들로 가득하고 퇴근한 직장인들이 들러 수다와 식사, 혹은 고독을 해결하는 곳. 스파게티와 파르페가 있고 소박하지만 반드시 맛좋은 간판 메뉴가 있는 식당. 분명 스파게티는 나폴리탄이겠지.

두근두근, 콩

들러보고 싶은 카페가 있어서 찾아갔다. 다섯 걸음 만에 도착. 점심을 먹은 키친 나카오 바로 옆집이다. 하얀 포렴을 살짝 걷고 안으로 들어갔다.

하얀 벽, 짙은 색 나무 가구, 볕 잘 드는 창, 간소한 주방. 교토의 카페, 하면 자연스레 떠오르는 단정하고도 어쩐지 여유가 느껴지는 카페 모습 그대로다. 그런데 테이블 위에는 재봉틀이 놓여있고 자투리 천과 색실이 가득 펼쳐져 있다. 벽에 붙은 기다란 테이블 위에는 손가락만 한 인형들이 옹기종기 모여 있다. 벽에도 인형, 선반 위에도 인형. 인형을 몹시 좋아하는 주인인가 봐? 하는데 어서 오시라는 인사 소리가 주방 안쪽에서 들린다. 일단 문은 열었는데 진짜 손님이 온 게 신기하고 반갑긴 하지만 무지 당황스럽습니다, 하는 목소리다. 이쪽도 조금 그렇습니다. 예쁜 원피스 위에 하얀 앞치마를 입은 주인은 조금 수줍은 표정이다. (저기, 어디에 앉는 거죠?)

콩, 콩 인형입니다, 하고 주인이 살며시 떨리는 목소리로 말한다.

아, 콩! 과연 그렇군요.

그날의 기분이랄까, 날씨에 따라 드는 느낌 같은 것을 매일매일 콩 인형으로 만들고 있습니다. 아침마다 출근길에 스쳐 지나가는 사람들이

나 오래 알고 지낸 지인들의 얼굴을 옮기는 경우도 있어요. 상당히 닮았다고 깜짝 놀라며 좋아하죠.

아, 정말 귀엽군요(그런데 커피는……).

우리가 한국인이라니까 주인은 깜짝 놀란다. 한국인이 이 가게에 온 건 처음이란다. 휴대폰을 내밀며 근처 서점 호호호자에서 했던 전시 사진들을 보여준다. 저마다의 사연을 지닌 각각 다른 모양의 수백 개의 콩 인형들.

대단하네요. 우리의 감탄에 주인의 목소리가 조금 더 높아지고 얼굴은 한층 상기되며 설명은 점차 열기를 띤다.

이건 엘리베이터에 좋아하는 사람과 둘이 있을 때 두근두근하는 심정을 표현한 인형이에요.

좋아하는 마음, 상기된 주인의 얼굴과 떨리는 음성에서 그것을 느꼈다. 이 사람은 자신의 일을 정말로 좋아하고 있구나. (커피는……) 차마 실례가 될까 하여 묻지 못한다. (아, 뭐 커피가 대수겠어요.)

만일 사신다면 제 인형이 비행기를 타고 가겠군요.

두근두근하는 표정으로 주인이 말했다.

결국 두근두근 콩 인형과 사진집을 사서 가게를 나왔다. 간판을 한 번 더 들여다본 뒤 커피를 찾아 나선다. 두근두근하는 마음을 얻었으니, 그것으로 됐다.

무뚝뚝하지만 내게는 가끔 웃어주는 친구의 책장 같은

서점을 좋아한다. 신간이 가득 꽂힌 대형서점도 좋아하지만 주인의 취향이 고스란히 드러난 작은 책방도 좋아한다. 최근에 갔던 책방 중에 우리 집 근처에 있는 '사춘기 책방' 이 좋았다. 세 마리의 고양이와 함께 살고 길고양이도 살뜰히 보살피는 상냥한 주인이 하는 소담하고 예쁜 책방이다. 주로 동화책과 청소년소설책을 판다. 내 책도 몇 권 꽂혀 있다. 사가는 사람이 있나 눈을 부릅뜨고 지켜보지만 한 번도 보지 못했다. 대신 책 읽는 눈이 몹시 높은 단골 소녀가 내 소설책을 사갔다는 말을 상냥한 주인이 소곤소곤 들려준다. 과연 수준 높은 소녀라고 생각된다. 그런 작은 책방은 사람들과 연결되어 있다는 생각이 든다. 철학의 길로 가는 길에 서점에 들렀다. 입구 벽에 호호호자(ホホホ座) 라고 대담하게 이름을 써놓았다. 자유분방한 인상과 달리 가게 안은 깔끔하게 정리되어 있다. 대형 출판사의 단행본과 잡지 등이 가지런히 꽂혀 있고 개성 넘치는 독립 출판물들도 보기 좋게 잘 진열되어 있다. 가방과 문구, 다양한 잡화들도 있다. 마메주킨 숍의 콩 인형도 한쪽에 다정하게 놓여 있어 반가웠다. 책이 있는 공간이라면 마땅히 그래야 하듯, 자유롭고 여유 있는 분위기다.

2층에도 올라가 보았다. 층계를 오르자마자 작은 부엌이 나타났다. 책
방에 웬 부엌? 하는 의혹을 품기도 전에 마음을 빼앗겨 버렸다. 짙은
색의 나무 선반 위에 그릇과 양념 통들이 두서없이 놓여 있는 부엌이
어쩐지 마음에 쏙 든다. 가스레인지 위에는 오래 쓴 듯한 냄비가 올려
있고 작은 창밖으로 담쟁이 잎이 흔들린다. 만들기 간단하지만 맛 좋
고 영양 풍부한 일인분의 요리를 만들고 싶어지는 부엌이었다. 큰 냄비
에 카레를 가득 끓여 나누어 먹어도 좋겠다 싶었다. 복도를 따라 작은
방들이 이어져 있었다. 방 안이 궁금해진다.
부엌 바로 옆방은 헌책방이다. 작은 공간 안에 소박하게 아름다운 선
반과 그릇장이 딱 좋을 만큼의 여유를 두고 자리 잡고 책이 빼곡히 들
어차 있다. 그릇과 빈티지 소품, 잡화도 팔고 있다. 무질서한 듯, 나름
의 질서를 지니고 있다.

투박한 마룻바닥과 가만히 빛이 스며드는 창, 창가에 어른거리는 담쟁이 넝쿨, 그 안의 모든 것이 좋았다. 말이 없는 편이고 그때 그 책 좋던데? 하면 기쁜 듯 슬쩍 웃어주는, 책 고르는 취향이 나와 비슷하고 무지 열심히 책을 읽는 친구의 책장을 엿보는 기분이었다. 요리는 잘 못하지만 친구 접대는 어떻게든 해야겠다고 부엌에서 부스럭대는 기특한 친구의 방, 책으로 뒤덮인 작은 우주.

나는 탐험에 나섰다. 책장과 바닥에 쌓아 놓은 책을 헤집는 동안 주인은 모르는 척하고 계산대 뒤에서 무심히 책만 읽고 있다. 갖고 싶었던 그림책과 사진집 두 권을 반값에 샀다. 책방인 줄 알았더니 보물 창고였다. 책을 사고 싶게 만드는 책방이었다. 책을 읽고 싶고, 사고 싶고, 가능한 한 오래 머물고 싶은 곳이었다. 그것이 바로 책방의 오롯한 모습 아닐까.

책 봉지를 들고 복도를 따라 난 작은 방들을 기웃거린다.

문이 열려 있는 방 하나는 패브릭 제품을 만드는 작업실이자 전시장이었다. 꼼꼼하게 손바느질한 작은 지갑과 경쾌한 패턴을 넣은 가방이예뻤다. 후지산을 모티브로 만들었다는 바늘꽂이가 몹시 귀여워서 들여다보고 있으니 주인이 그건 파는 제품이 아니라 수업 시간에 만드는 것이라고 일러준다. 곰발인 주제에 이런 것을 만들어 보고 싶다. 주말에 바느질 수업이 있으니 오라고 한다. 꼭 만들고 싶다. 이번 주는 스케줄이 있으니 다음 주에 오자고 수업 시간표를 받아와 놓고 역시나가지 못했다. 곰발에 의지박약이다.

초록과 짙은 그늘의 산책

나뭇잎 사이로 스며드는 햇살이 머리 위로 쏟아지고, 물 위로 그림자가 어른어른 흔들렸다. 초록과 짙은 그늘의 길이었다.

은각사부터 난젠지까지, 조용히 흐르는 개천을 따라 나무가 우거진 산책로가 나있다. 철학자 니시다 기타로가 산책하며 사색을 즐겼다고 해서 '철학의 길'이라 불린다. 무더운 날이라 자연스레 나무 그늘을 따라 걷게 되었다. 같은 마음인 사람들이 같은 목적지를 향해 걷고 있었으므로 좁은 길에서 이따금 스치기도 하고 길을 내어주기도 하고 기념 촬영을 하는 무리를 위해 잠시 멈춰 서기도 했다. 개천을 따라 벚꽃이 흐드러지게 피어나는 계절에 비하면 한적하지만 유명한 관광지답게 북적인다. 차분히 사색하며 걷기는 어려웠다.

물을 따라 오래된 주택과 수수한 공방들이 이어져 있다. 간혹 요란한 색으로 치장한 가게들이 조화를 깨고 툭툭 도드라지기도 했다. 눈을 들어 보자 은각사 아래 비탈을 타고 단정한 지붕이 이어진다. 지붕 사이로 좁고 서늘한 골목들이 곧게 이어졌다. 알록달록 칠해진 카페 앞은 관광객들로 복작거린다. 나는 자꾸 산으로 오르는 골목길에 눈이 간다. 어쩐지 기시감이 든다.

어릴 적 내가 살던 동네에는 골목이 많았다. 아이들은 주위도 살피지 않고 골목에서 큰길로 뛰어 들었다. 오가는 차가 드물었다. 큰길은 아이들의 놀이터였다. 골목 안쪽 집들은 항아리나 화분을 대문 밖에 내놓았다. 크고 검은 자전거가 자물쇠 같은 건 애초부터 없이 무심히 세워져 있었다. 짧은 골목도 있었고 어디로 이어질지 모를 골목이 굽이굽이 뻗어 있었다. 나는 집 안에서만 놀았다. 밖에 나가기 귀찮아서였다. 방으로, 부엌으로, 마당으로, 동생을 업은 엄마 뒤만 쫓아 다녔다. 잔 꽃무늬가 있는 주름치마와 포대기 아래로 비어져 나온 짧고 통통한 아기의 다리. 나는 주름치마에 얼굴을 묻고 엄마 냄새 맡는 것을 좋아했다. 자는 아기의 발을 당겨서 기어이 깨우기도 했다.

나가 놀라는 엄마의 성화에 떠밀려 밖으로 나가 주뼛거리며 아이들 노는 걸 구경했다. 놀 때는 하나라도 많으면 좋으니 잘 모르는 애도 인심 좋게 끼워줬다. 무조건 숨바꼭질이었다. 술래가 '꼭꼭 숨어라, 머리카락 보인다'를 외치는 동안 나는 골목으로 뛰어 들어가 대문 옆이나 항아리 뒤에 숨었다. 술래를 기다리는 동안 가슴이 터질 것 같았다. 두근거리는 걸 참지 못해서 차라리 술래가 편했다. 술래가 돼서도 아이들을 잘 못 찾았다. 아이들은 나보다 동네를 잘 알았다. 끊임없이 술래를 하다 보면 어느 틈에 아이들이 다 사라지고 없었다. 모두 골목 안쪽 제 집으로 하나둘 돌아간 것이다. 어쩌면 저희들끼리 다른 데로 놀러

간 건지도 모른다. 나는 아이들을 찾아 골목 안쪽으로, 더 안쪽으로 들어갔다. 막다른 길과 만나 되돌아 나오기도 했다. 간혹 끝도 없이 이어진 골목을 따라 걸으며 이대로 길을 잃어 내가 없어지는 상상도 했다. 골목 끝에 내가 전혀 모르는 세상이 나올 것 같아 조금은 두렵고 두근거리기도 하며 계속 걸었다. 지나온 길은 그늘에 가려 어둑했다. 나지막한 기와지붕이 단정하게 이어져 있었다. 지금은 '한옥마을'이라고 불리는 교동이라는 동네였다. 그런 곳은 이제 없다. 오직 가게와 관광객뿐이다.

좋은 줄 모르고 살았다. 나는 바깥보다는 집 안이 좋은 아이였으니까. 아름다운 줄도 몰랐다. 아름답다고 느끼기에는 너무 어렸다. 대개의 것은 멀리 떨어져 한동안 잊고 산 뒤에 아름다워 보이는 법이다. 사라져 없어진 뒤에야 아름다웠다고 문득 깨닫기도 한다. 추억은 대체로 실제보다 지독하거나 아름다운데, 어떤 것도 진실과는 다르다.

철학자 니시다 기타로가 지금 이 길을 본다면 아, 이런 곳이 아니었지요, 이래서 사색이 가능하려나요, 하고 혀를 쯧쯧 찰지도 모르지만 관광지다운 소란과 활기가 좋은 사람들도 분명 있다. 그런가 하면 차분하게 정취 있던 예전의 모습을 그리워하는 이들도 있을 것이다. 그러한 소망들이 이 거리에 적절한 균형을 이루고 있다. 아마도 좋은 기억들이 이 거리를 지탱하고 있으리라는 생각이 든다.

은각사에서 내려온 뒤 카페에 들렀다 다시 철학의 길을 걸었다. 사람
들이 빠져 나가고 한낮의 소란스러움은 누그러져 있다. 물가의 가게들
이 하나둘 불을 밝히기 시작했다. 희뿌연 달빛 같은 불빛이 물 위를
조용히 비추었다. 물 흐르는 소리가 희미하게 들리고 어둠이 부드럽게
골목을 덮었다. 걷기 좋았다. 아무것도 생각하지 않고 조금 더 걸었다.

은빛 밤

하성란의 소설 '여름의 맛'에는 주인공이 은각사를 금각사로 잘못 알
고 찾아가는 이야기가 나온다. 동생도 전에 똑같은 경험을 했다고 한
다. 킨카쿠지와 긴카쿠지란 미묘한 발음의 차이 탓이다.

은각사는 1482년에 아시카가 요시마사가 지은 별장으로, 유언에 따
라 사찰로 변경되었다. 그의 외조부인 아시카가 요시미츠가 지은 명성
자자한 금각사를 모델로 지었는데, 금각사처럼 관음전 지붕에 은박을
입힐 예정이었으나 재정난으로 실행에 옮기지 못했다고 한다.

요시마사란 인물은 좀 흥미로운 구석이 있다. 열네 살 때 쇼군으로 추
대되었으나 이름뿐인 쇼군이었다. 개혁을 시도했지만 뜻대로 되지 않
았고, 지도자로서 그의 힘은 미미했다. 정치에 뜻을 잃고 그가 몰두한
것이 바로 정원 가꾸기였다. 그가 모래를 쌓고 나무를 기르는 동안 각
지에서 천재지변과 농민봉기가 잇따랐고 그런 와중에 오닌의 난이 일
어난다. 십 년간 지속됐던 내란이 끝나자 요시마사는 자신이 은거할
별장을 짓기 시작했는데, 그것이 바로 은각사다. 조경뿐 아니라 서화와
시, 꽃꽂이, 다도 등, 실로 다양한 취미를 즐겼던 그는 교토의 르네상스
를 꽃피운다. 오늘날 일본 문화를 대표하는 다도나 산수를 표현한 정
원 등의 '히가시야마(東山) 문화'가 바로 은각사를 중심으로 발전된
것이다. 정치인으로는 실패했지만, 예술적으로는 뜻을 성취한 셈이다.

경내에 들어서니 관광객들이 한곳에 무리지어 모여 있다. 관음전인가 싶어서 가보니 다들 관음전을 등지고 서 있었다. 발꿈치를 들고 보니 밥그릇을 엎은 듯한 모래 더미 위에 사람들이 올라가 있었다. 모래를 쌓는 중이었다. 은각사의 은박 칠하지 않은 관음전만큼 유명한 것이 모래 정원이다. 완성된 모습의 사진만 봤는데 만들고 있는 것을 보니 신기했다. 작업복 차림의 직원들이 땀을 뻘뻘 흘리며 모래를 쌓고 다졌다. 직원들의 작업복에는 냉방 장치가 내장되어 있는 것 같았지만 (이 또한 흥미로웠다) 땀을 뻘뻘 흘리고 있다는 느낌이 들었다. 어이, 자네, 새벽에 완성해 놓았어야지. 미안, 늦잠을 자버려서. 오늘따라 모래가 안 다져지네. 너무 더워서 모래도 다져질 기분이 아닌가봐. 이런 대화를 소리 없이 나누고 있는 것 같았다. 땀을 뻘뻘 흘리며. 아니, 이런 경우에는 삐질삐질 땀 흘리는 걸까.

전부터 쭉 생각했지만 묘하다. 모래 정원이라. 나무도 꽃도 이끼도 물도 아닌 모래와 돌로 산수를 표현한 정원이라니. 일본어로는 가레산스이(枯山水)라고 한다. 저기요, 나무와 물을 쓰시면 될 것 같은데요, 라고 해봤자 소용없다. 모래와 돌로 만든 산수는 그만의 각별한 아름다움이 있을 터이니, 그것을 알아 볼 눈이 내게 없을 뿐이다. '모래로 만든 바다' 라는 긴샤단(銀沙灘)이 길게 파도를 그리고 '달을 바라보는 망루' 인 고게쓰다이(向月台)가 그 위로 솟아 있다.

소박한 관음전과 어우러져 정적인 아름다움의 극치를 보여준다는데, 역시 잘 모르겠다. 역동적인 작업 현장을 눈앞에 보니 더욱 오리무중 이다. 바람 불고 비 오면 씻겨 사라지고 그러면 다시 쌓고 다져야 하겠 구나, 그래서 인간의 부질없는 욕망을 모래성에 비유하는 건가, 매일 조경하는 건가, 저분들은 전문 모래 정원사들인가, 하는 쓸데없는 걱 정과 의문이 쌓일 뿐이다. 의문을 품은 채 소원을 비는 작은 연못을 지나 계단을 따라 언덕에 오른다. 짙은 그늘 속으로 들어간다. 초록 냄 새가 풍겨왔다. 서늘하다.

부드럽게 펼쳐진 진녹색 이끼 위에 단풍나무 사이로 비쳐든 햇살이 반짝반짝 빛난다. 조금 호흡이 가빠지고 땀이 솟기 시작하지만 상쾌 한 기분이 든다. 산으로 이어지는 숲길을 걷는다. 절에 왔다는 건 잠 시 잊었다. 아, 여기.

누가 말해주지 않아도 알 수 있는 곳에 멈춰 아래를 내려다보았다. 눈이 부시다. 빛, 무수한 빛, 부옇게 부서지는 여름 햇살. 가늘게 눈을 뜨고 본다. 저 아래 짙은 색 지붕을 얹은 수수한 관음전이 내려다보인다. 관음전 앞으로 완성된 모래 정원이 펼쳐져 있다. 햇살이 닿아 서로 부서지고 흩날린다. 조용히 반짝이는 은빛 파도.

쇼군 요시마사는 처음부터 관음전에 은박 따위 칠할 마음이 없었던 게 아닐까. 깊은 밤, 차가 우러나길 기다리며 그는 모래 정원을 바라본다. 밤은 적요하고 은빛 달은 어둠 속에 희미한 빛을 던진다. 더할 나위 없이 이것으로 족하다. 그런 생각이 들어 가만히 웃었을지도 모른다. 그때, 지붕 위로 하얗게 달빛이 닿아 고요히 빛나 흘러내린다.

아쉽게도 우리는 밤이 내리기 전에 떠나야만 한다. 은빛으로 빛나는 은각사를 보지 못하고. 은빛 밤 속, 어딘가로 걸어갈 것이다.

한 방향으로, 마음을 기울여

그곳에선 모두 한 방향으로 앉았다. 말없이 풍경이 마주 앉는다. 차를 마시는 것도 잠시 잊는다.

요지야는 교토를 대표하는 브랜드 중 하나다. 요지야의 창업자 구니에 다는 손수레에 화장품을 싣고 다니던 행상이었는데, 1904년 극장가 인근 고코마치에 그의 이름을 딴 '구니에다 상점'을 열어 배우들을 상대로 무대용 화장품과 거울 등의 잡화를 판매했다. 몇 년 뒤 가유코 지로 가게를 이전하면서 화장품과 함께 '요지'라는 칫솔을 팔았는데, 이때부터 사람들이 가게를 '요지야'라고 부르기 시작했다.

어느 날 단골손님이 가게를 찾았다. 그는 근처 극장의 간판스타로, 수십 년 동안 관객들의 마음을 쥐락펴락해온 명배우다. 스포트라이트를 한몸에 받는 배우의 얼굴은 어딘지 피로해 보인다. 피부는 윤기 없이 칙칙한 데다 모공은 화산 분화구 같아 애처로울 정도다. 명배우는 한숨을 쉬며 어려움을 토로한다. 나이가 드니 분장은 점점 두꺼워지는데 말이야, 조명 빛은 뜨겁지, 땀은 흘러내리지, 당해낼 수가 없다니까. 기껏 공들여 한 분장이 금방 지워져 버린다고. 그래서 말인데, 혹시 땀에 지워지지 않고 오래 가는 화장품은 없나? 단골손님의 한탄을 듣고 즉시 연구에 착수한 주인은 워터 프루프 화장품 대신 기름종이를 만들어낸다. 이에 명배우는 기름종이로 보송한 메이크업을 유지할 수 있어 연기에 박차를 가해 더욱 큰 인기를 누리게 되었다. (*이상은 전해 내려오는 이야기를 상상에 의해 재구성한 내용으로 실제와는 크게 다를 수도 있습니다.)

어쨌든 요지야의 명성을 만든 일등 공신은 기름종이였다. 배우와 게이샤 등, 오랜 시간 화장을 유지해야 하는 단골들을 위해 만들어 냈던 기름종이가 인기를 끌며 요지야에 손님들이 몰려들었다. 기름종이에만 그려 넣었던 거울에 비친 게이샤의 얼굴을 요지야의 로고로 만든 것은 2대 구니에다 씨였다고 한다. 사업 수완 DNA가 그대로 전해졌는지 요지야는 대를 이어 더욱 번창했다. 요지야의 인기가 높아지면서 매장 밖에까지 줄서 기다리는 손님이 많아지자 오모테나시(손님을 극진히 대하는 접대) 차원에서 은각사 매장에 차를 마시는 공간을 마련한 것이 지금의 요지야 카페로 이어졌다.

하얀 포럼 사이로 들어서니 시원한 정원이 펼쳐진다. 몇 시간은 족히 기다릴 각오를 하고 가야 한다고 들었으나 바로 안으로 안내된다. 밖에서 기다리는 것을 면했을 뿐, 다다미방에서 자리 나기를 기다린다. 식탐은 크지만 줄 서서 먹을 만큼의 인내력이나 집중력은 없다. 평소라면 뭐, 그럼 됐어요, 저희는 다음 생에, 라고 슬슬 뒷걸음질 쳤겠지만 다다미방에 앉고 보니 나갈 의지를 상실하고 만다(게다가 신발도 빼앗긴 처지다). 이대로 낮잠 한숨 자면 좋겠다고 생각하지만 눈을 부릅뜨고 차례를 기다린다. 이윽고 다실로 안내된다.

잠시 뒤 주문한 메뉴가 나왔다. 게이샤의 얼굴이 그려진 말차라떼와 모나카 세트, 요지야 카페의 간판 메뉴. 우리는 관광객이니 이런 것을 시켜 먹는다. 이분들 정말 사업수완이 좋으시네, 하며 라떼 아트 솜씨에 감탄하고 작은 손거울 모양의 모나카가 귀여워 어쩔 줄 모른다. 그럼 어디 맛은, 하고 한 입 맛본다. 대를 잇는 가게의 수완이란 이런 것이구나, 하는 생각이 절로 들었다. 찾아오는 손님께 이 정도는 대접해야지요, 하는 상냥한 맛이다.

고개를 들어 눈앞의 풍경을 바라본다. 고요히 스며드는 초록. 녹차의 맛처럼.

여름, 비와 커피

비가 제법 세차게 내린다. 차창에 얼룩진 빗물로 부옇게 흐려진 거리를 내다보며 정류장을 안내하는 방송에 귀를 기울인다. 우산을 나누어 쓰며 빗속을 걷다 푸른 병이 그려진 작은 입간판을 보자 골디락스가 작은 통나무집을 발견한 것처럼 반가웠다. 그 안에는 너무 뜨겁지도 너무 차갑지도 않은 수프는 없겠지만 비를 피할 공간과 근사한 커피가 있을 것이다.

비를 피해 카페 안으로 들어가 자리를 잡는다. 일본 전통 주택을 개조한 카페는 천장이 높고 테이블 간의 간격이 넓다. 주문대와 테이블, 커다란 창 앞에 놓인 벤치는 간결하다. 교토에서는 보기 드문 분위기인데도, 한편 교토답다고 느껴진다. 직원이 드리퍼에 커피를 내리는 것을 지켜본다. 신중한 동작, 드리퍼 아래로 천천히 떨어지는 커피. 커피 향이 풍겨온다. 비와 섞인 커피 냄새. 여행의 냄새다.

카페에서 비긋기를 기다린 적이 종종 있다. 미술관이나 서점도 좋지만 갑자기 내리는 비에 맞춰 나타나주는 일은 드물고 대신 카페라면 맞춤 맞게 나타나 지붕을 빌려 주곤 했다. 시애틀에서는 유독 자주 카페에 갔다. 비와 안개의 도시라는 별명에 걸맞게 도시는 축축하고 하루에 적어도 한 차례는 비가 내렸다. 비가 흩뿌리기 시작할 때 마침 내 앞에 스타벅스가 나타났다. 그 유명한 스타벅스 1호점이다. 하지만 나는 그 맞은편, 하나도 안 유명한 작은 카페로 들어갔다. 스타벅스 앞에는 수십 명이나 되는 사람들이 길게 줄서 있었기 때문이다. 내일쯤, 어쩌면 모레쯤, 비가 안 오는 날에 가봐야지, 하고 나는 하나도 안 유명한 카페에 앉아 커피를 마시며 유리창 너머로 스타벅스 앞에 늘어선 사람들을 구경했다. 결국 스타벅스 1호점엔 가지 못했지만 그 도시에서 많은 비와 카페를 만났다. 비는 불가사의하게도 여행할 의욕을 꺾어놓으면서도 기억과 후각만은 놀랍도록 생생하게 만든다. 비가 오는 날이면 어쩔 수 없이 떠올리고 만다. 비와 커피 냄새가 가득했던 거리를. 진하고 조금은 고독했던 커피 냄새. 비에는 기억을 불러일으키는 성분이 함유되어 있는 것 같다.

싱그럽게 솟구치는 초록

여름비는 잠깐 오고 그쳤다. 코끝에 감도는 공기가 촉촉하고 싱그럽다.
난젠지는 13세기 후반 카메야마 천황이 세운 별궁으로, 후에 천황
이 선종에 귀의하며 사찰로 개조했다고 한다. 전해오는 이야기에 따
르면 절에 밤마다 요괴가 나타나 천황이 골머리를 앓고 있었는데, 승
려 무칸후몬이 조용히 좌선을 시작하자 요괴가 물러났다고 한다. 이
에 천황은 무칸후몬을 초대 주지로 모셔 난젠지를 일본 최초의 칙원
사로 삼는다.

아름다운 절이다. 내가 아름답다고 느끼는 곳은 대개는 사람이 적고
물리적으로나 심리적으로 스페이스가 넓은 곳들이다. 그리고 나무와
숲이 있어 고요하게 아름다운, 그런 곳을 좋아한다. 난젠지는 그대로
하나의 커다란 정원이자, 숲이다. 또 하나 전해오는 이야기에 따르면
일본의 전설적인 도둑 고에몬이 도망치다 이곳 난젠지로 숨어들어 산
문에 올랐다가 절경에 반해 넋을 잃고 구경하다 잡혔다고 한다(잡힌
뒤 끓는 물에 튀겨져 죽었다는 무시무시한 이야기도 전해진다). 참 허
망한 죽음이다. 쫓아온 사람들도 모두 절경에 취해 도둑 잡는 것도 다
잊고 야, 오늘 구경 참 잘했다, 하고 집으로 돌아가는 싱거운 결말이었
으면 좋았을 텐데(하지만 도둑이니 역시 잡긴 잡아야겠죠).

물소리를 따라 걸으니 초록이 더욱 진해진다. 붉은 벽돌로 지어진 거대한 아치형 다리가 나타났다. 수로각(스로이가쿠, 水路閣)이다. 메이지 천도 후, 갑자기 수도에서 지방 도시로 전락한 상실감에 빠진 교토의 부흥을 위해 수로각 건설이 계획되었다. 한편으로는 불교 세력을 누르기 위해 부러 절 안에 지었다고도 한다. 비와호의 물을 끌어 들여 교토 시내에 생활용수를 공급하고 수력발전으로 전기를 생산하겠다는, 당시로서는 파격적인 계획이었다. 무모한 계획이라는 비판과 난젠지의 아름다움을 해친다는 반대 여론도 컸다고 하나 결국 수로각에서 공급하게 된 풍부한 전력으로 일본 최초로 전차가 다니고 공장이 세워지는 등, 교토의 근대화가 앞당겨졌다.

아치를 이루는 수로각 아래에 서서 눈을 돌리니 또 다른 아치가 겹겹으로 이어진다. 시간의 터널이다. 오랜 세월 동안 바람과 빛에 바래고 비와 물에 마모되며 그 자리에 풀과 잡목이 자라나고 진한 초록 이끼가 다리를 덮었다. 아치형 터널 사이로 초록빛이 넘나들어 조요하다.

교토는 내가 나고 자란 도시와 비슷한 느낌이어서인지, 이곳 난젠지에
서는 단풍 구경을 가던 백양사를 떠올렸다. 전주에서 멀지 않은 곳으
로, 애기단풍이라 불리는 잎이 작고 색이 고운 단풍나무가 아름답기
로 소문난 절이다. 근처 내장사도 단풍으로 유명하지만 나는 백양사
를 더 좋아했다. 절까지 이어지는 긴 단풍의 터널이 참 좋기 때문이다.
절은 잘 보이지 않고 단풍만 보였다. 단풍 아래로 단풍잎을 밟으며 아
이구, 좋네, 참 곱다, 이런 소리를 하며 내 자매와 부모와 함께 걸었다.

유독 어떤 기운의

고풍스러운 전통 요릿집과 찻집, 돌을 깐 길 양 옆으로 늘어선 검은 목
조 건물, 대나무를 엮어 만든 울타리와 발을 늘어뜨린 붉은 나무 벽,
교통정리를 하는 경찰들, 기모노를 입은 관광객들, 고요와 흥성거림,
골목 안은 유난히 밝은 햇살과 짙은 그림자가 명확한 경계를 그리고
있다. 기온 거리는 거대한 영화 세트장 같다.
유독 어떤 기운이 느껴지는 거리가 있다. 좋다거나 싫다거나, 밝다거
나 어둡다거나 하는 기분이 아니라 막연하게 느껴지는 어떤 기운. 낯
섦과 기시감이 뒤섞인 모호함. 들여다보지만 깊은 우물 바닥처럼 짐
작할 수 없는 어렴풋한 무언가의. 환한 대낮의 거리를 떠도는 유령, 하
지만 조금도 무섭거나 두렵지 않고 아름다운. 어쩌면 그것은 노스텔
지어의 유령. 형체가 없는 어떤. 왜 슬픈지 알 수 없는. 그런 기운이 기
온 거리에서 느껴졌다.

기
온
거
리

祇
園

헬로, 쿠사마

쿠사마 야요이에 관해 내게는 작은 에피소드가 있다. 그것은 하나도 안 유명하지만 내가 좋아하는 가수와 지하철 한 칸에 우연히 같이 탔다는 식의 참으로 사소한 이야기지만 떠올리면 흐뭇한 미소가 지어지는 나만의 소중한 경험이다.

몇 년 전 스톡홀름에 갔을 때였다. 거리는 웬일인지 온통 도트 무늬로 뒤덮여 있었다. 현대미술관(Moderna Museet)에서 쿠사마 야요이 특별전이 열리고 있기 때문이었다. 오래 전에 예술의 전당에서 그의 전시를 본 적 있었으므로 당연히 갔다. 좋았기 때문이다. 얼마 뒤 헬싱키의 키아스마(kiasma)에 갔을 때도 미술관이 도트 천지였는데 "다음 달에 쿠사마가 와요!" 하는 직원의 들뜬 목소리를 들을 수 있었다. 그렇게 키아스마의 쿠사마와는 아슬아슬하게 어긋나고 덴마크의 루이지애나 미술관(Louisiana Museum of Modern Art)에 가자 몇 달 전 그녀가 들렀다는 그곳에 쿠사마의 상설 전시실이 남아 있었다. 그리고 그곳 서점에서 쿠사마 야요이의 일러스트북을 발견했다. 안데르센의 인어공주와는 꼬리만 달렸달 뿐, 전혀 다른 쿠사마의 'The Little Mermaid'. 물론 샀다. 그것이 우연히 쿠사마 야요이를 따라간 내 북유럽 여행, 가장 아름다운 곳마다 쿠사마가 있었다. 아주 좋았다는 얘기다.

기온 거리 가운데에서 난데없이 거대한 노란 호박을 발견하고 깜짝 놀랐다. 생각지도 못한 조우였다. 여기가 어딘지 모르겠지만 몹시 아름다운 곳이겠다 싶었다. 포에버현대미술관이라는 이름의 몹시 고풍스러운 건물에 들어가기 위해서는 우선 신발을 벗어야 한다. 쿠사마의 전시를 맨발로 보기는 처음이었다.

전시실마다 다다미가 깔려 있고 전시실을 잇는 바닥에는 붉은 융단이 펼쳐져 있다. 기온의 거리는 소란한 햇살이 가득한데 전시장 안은 조용한 그늘이 두텁게 드리워져 있다. 미술관은 옛날 목조 가옥을 그대로 이용하고 있다. 몹시 부유한 주인이 너른 집을 짓고도 방이 모자라 여러 번에 걸쳐 증축한 집 같다. 그런 집에는 주인도 모르는 엉뚱한 공간이 생기기 마련이라 그런 틈을 발견하는 데 눈 밝은 아이들의 비밀 공간이 되는데, 이곳은 집 전체가 비밀스러운 공간으로 채워진 느낌이다. 붉은 융단을 밟아 매혹적인 쿠사마의 세계로 들어간다.

스톡홀름의 쿠사마는 거침없고 경쾌하고 유머러스했다. 미술관이 있는 셉스홀맨 섬의 나무들은 모두 도트 무늬 붉은 천을 스커트처럼 두르고 웃고 있었다. 바람이 불 때마다 나무들이 머리카락을 흩날리며 깔깔 웃어댔다. 가장 기억에 남는 건 하얀 방에 은빛 구슬을 채워 넣은 전시실이었다. 모던하고 단정하면서도 평온해서 이게 정말 쿠사마인가 하고 의심스러울 정도였다. 하지만 그런 가운데 역시 쿠사마로

군, 하는 그녀 특유의 위트가 그 하얀 방에 있었다. 스톡홀름과 쿠사
마가 만나면 이런 느낌이 되는구나, 생각했다. 신선하고 아름다웠다.
다른 곳에서는 느낄 수 없을 것이다. 그곳의 공기와 햇살과 빛과 나무
와 그곳에 살아온 사람들이 만들어낸 어떤 독특한 분위기인 것이다.
그늘이 서늘하게 드리운 목조 주택의 긴 복도를 따라 삐걱거리는 좁은
계단을 올라 그림이 걸린 어둑한 방을 지나 어디로 통하는지 모를 복
도 끝에 갑자기 나타난 다다미방에 앉아 창밖에 붉게 핀 백일홍과 바
람에 흔들리는 작은 대숲을 바라보다 다시 출구를 향해, 혹은 또 나
타날지도 모를 방을 향해 걸으며 꿈을 꾸었다. 그곳은 몽유의 세계. 조
금은 혼란스럽고 이상스럽지만 너무도 황홀하고 매혹적인 한낮의 백
일몽. 우리는 걸으며 말하며 혹은 가슴 뛰며 숨죽이며 조금 눈물이 나
며 내내 꿈을 꾸었다.

전시실 아래 카페에서 귀여운 펌프킨 케이크가 후식으로 나오는 점심
을 먹었다. 후식이 주목적이었는데 런치 메뉴가 의외로 맛이 몹시 좋
아서 깜짝 놀라고 말았다. 카페 창밖으로 작은 호수가 있는 정원이 보
였다. 짙은 초록이 담담히 우거진 연못 위로 붉은 잉어가 뛰어올랐다. 이
또한 꿈일까.

어른들의 거리

16세기 세계를 주름잡던 강대국 포르투갈과 일본 사이에는 교류가 활
발했다. 부두에는 포르투갈의 배가 정박하고 긴 망토를 늘어뜨린 푸
른 눈의 상인들이 진기한 물건들을 지니고 항구 도시를 누볐다. 그래
서 지금도 일본어에는 포르투갈의 흔적이 많이 남아있다. 예를 들면
카스테라 같은 것. 본토초라는 지명은 가모가와 강을 가로지르는 다
리가 많아서 붙은 이름이다. 포르투갈어로 다리를 폰토라고 한다. 포
르투갈은 순식간에 강대국의 자리에서 물러나 EU 내에서도 최빈국에
속하지만 밤의 본토초는 여전히 흥성거린다.

포석이 깔린 좁은 골목을 따라 음식점과 술집이 줄을 잇는다. 좁은 길
양쪽으로 새가 그려진 붉은 등이 영롱하게 빛난다. 등에 그려진 작은
새는 물떼새로 본토초 거리의 상징이다. 노랗게 불을 밝힌 간판, 가게
안의 불빛이 골목을 은근히 밝히고 그 사이를 사람들이 끊임없이 오
간다. 가게 안에 술잔을 기울이는 왁자한 풍경도 보이지만 간판도 걸
어두지 않고 문을 연 것인지 아닌지조차 모를 가게는 이방인은 거절한
다는 결의가 느껴지기도 한다. 그 안에는 어쩐지 어른들의 세계가 펼
쳐져 있을 것만 같다.

골목 저편에서 분주한 카메라 셔터 소리와 와, 하는 감탄사가 터졌다. 그 속에서 기모노를 입은 키가 늘씬한 여자가 등장했다. 짙게 분을 칠했지만 매우 앳된 소녀의 얼굴이다. 마이코다. 교토에서는 게이샤를 게이코, 게이코가 되기 위해 수련하는 어린 게이샤를 마이코라고 한다. 진짜 게이코나 마이코를 만나는 건 쉽지 않다고 하는데, 본토초 골목에서 진짜 마이코를 만난 것이다. 마이코는 촬영을 하는 사람들에게 살짝 미소 지으며 공손하게 고개를 숙이고는 종종걸음으로 골목을 빠져 나갔다. 그 모습이 마치 갓 데뷔해 큰 인기를 얻었으나 여전히 겸손하고 성실한 아이돌 같은 느낌이었다.

골목을 벗어나 가모가와 강가로 나갔다.

가모가와
鴨川

스며들어

저녁이 스며드는 강 위로 선선한 바람이 불어온다.

교토의 술꾼에게 언제부터가 여름이냐고 물으면 '아마도 5월'이라는 답이 돌아올 것이다. 5월부터 9월까지 가모가와 강가에는 노료유카 (鴨川納涼床)가 펼쳐진다. '납량 평상'이라는 뜻으로, '강가 평상', 가와유카(川床)라고도 불린다. 말 그대로 강변에 늘어서 있는 가게들이 강을 향해 난 테라스에 마루를 깔고 이곳에서 식사와 술을 즐기는 풍경이다. 에도 시대부터 시작된 이 풍습은 유난히 더운 교토의 여름을 나는 방법 중 하나다.

내가 나고 자란 동네에도 강이 흘렀다. 대문을 열고 나가면 바로 전주천이었다. 지금은 산책로로 말끔하게 정비되어 있지만 내가 어릴 적에는 강 주변으로 동글동글한 자갈이 가득 깔려 있었다. 버드나무가 그늘을 드리운 강둑에 돗자리를 깔고 요쿠르트와 옥수수, 자두 같은 것을 먹었다. 어린 동생이 자꾸 물 쪽으로 기어가서 계속 감시해야 했다. 엄마가 잠든 동생에게 부채질을 해주고 있는 동안 나는 물가로 내려가 발을 담갔다. 돌 틈 사이를 헤엄치는 송사리를 잡으려고 물을 움켜쥐었지만 손바닥에 모래만 남을 뿐이었다.

강을 따라 쭉 올라가면 길가에 평상을 늘어놓고 장사하는 가게들이 여럿 있었다. 오모가리를 파는 식당이었다. 오모가리라는 질그릇에 민물고기와 시래기를 잔뜩 넣어 끓인 매운탕을 오모가리탕이라 불렀다. 여름이면 평상 가득 사람들이 모여 앉아 땀을 뻘뻘 흘리며 매운탕을 먹었다. 예전에 비해 수가 줄었지만 아직도 오모가리집들이 몇 곳 남아있다. 옛날 맛이 아니네, 하면서도 우리 가족은 여름이면 여전히 오모가리집을 찾아간다. 땀 흘리며 오모가리탕을 비워야 여름이구나, 하는 기분이 든다.

아마 그런 기분일 것이다. 강가에서 여름을 맞는다는 것은. 좋아하는 사람들과 맛있는 것을 나눠 먹으며 올여름을 무사히 나길, 그리고 내년 여름에도, 오래오래 함께 하고 싶은 작고 소박한 마음. 그런 마음이 스며든 강이 유유히 흐른다.

연한 핑크색 백일홍이 가게 주위로 흐드러지게 피어있는 스타벅스 산조오하시점은 건물도 예쁘지만 여름이면 테라스 자리를 차지하기 위한 경쟁이 치열하다. 다행히 테라스 자리를 잡았다. 강을 향해 앉았다.

먼 하늘이 붉게 물드는가 싶더니 연한 금빛 햇살이 부드럽게 강 위로, 강둑 위로, 강둑에 앉은 사람들 위로 퍼진다. 무엇을 마셨는지 잘 기억이 나지 않는다. 아마 차고 단 것을 마셨을 것이다. 많이 걸었고 무더운 날이었으니까. 하지만 그 저녁 바라보던 풍경 - 윗옷을 벗고 물속으로 뛰어든 금발의 소년들, 자꾸 딴 길로 가겠다고 주인을 끌던 고집 센 강아지, 물 위로 그림자를 그리며 달리던 자전거, 유타카를 입고 손잡고 걷는 소녀들의 머리 위에 반짝이던 잠자리 모양의 핀, 그리고 멀리 밤하늘에 쏘아 올린 폭죽, 여름 들꽃처럼 희미하게 퍼지는 불꽃 - 그것들은 또렷이 기억한다.

천천히 밤이 내렸다. 우리는 조금 더 밤 속에 앉아 있었다.

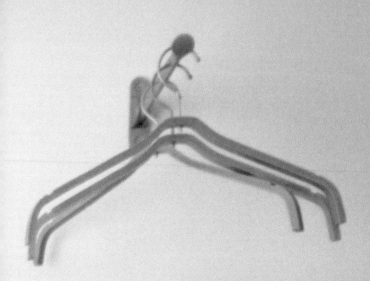

우리는 고양이처럼

긴 낮잠, 수박

별다른 계획도 없다. 단지 낯선 곳에서 평범한 시간을 보낼 뿐이다. 이렇게 아무것도 하지 않아도 되는 걸까, 하는 불안함이 슬슬 찾아오면 슬리퍼를 꿰신고 슬렁슬렁 동네를 한 바퀴 돌고 수박을 사서 집으로 돌아온다. 잠깐의 산책으로도 열기에 얼굴이 달아오르고 땀이 솟았다. 찬물로 한바탕 샤워를 하고 젖은 머리를 창 쪽으로 두고 바닥에 눕는다. 서늘한 바닥이 좋아 일어날 마음이 조금도 들지 않는다. 기다렸다는 듯이 잠이 찾아온다. 이따금 창문이 덜컹거리는 소리가 나고 살랑살랑 바람이 불어온다. 한숨 자고 일어나 그동안 냉장고에서 차갑게 식은 수박을 쪼개 먹는다. 더위가 한결 누그러졌다. 아무것도 하지 않아도 좋은 날이 조용히 저물고 있다. 수박이 달고 시원했다.

우리 집, 그러니까 여름 한 철 잠시 빌린 집을 '우리 집'이라고 자연스레 부르게 되었다. 공원과 절을 찾아가고 내가 사는 곳과 별로 다르지 않은 것 같기도 하고 전혀 다른 것 같기도 한 거리를 걷다 괜찮아 보이는 카페에 들어가 다리를 쉬고 다시 걷다가 날이 저물면 "이제 집에 가자" 하고는 우리 집으로 돌아왔다. 누구의 눈치도 볼 일 없이, 옷을 갈아입거나 씻는 것도 미루고 바닥에 누워 뒹굴거리다 기운이 좀 나면 몸을 씻고 간소한 저녁을 차려 먹었다. 툇마루에 모기향을 피워 놓고 채소절임을 안주로 맥주를 마시며 오늘 갔던 카페가 좋아서 다시 가 보고 싶다거나 채소절임이 참 맛있다는 둥의 이야기를 두런두런 나누다 이를 닦고 이불 속으로 들어갔다. 불을 끄고 나면 짙은 어둠 속에 잠겼다. 어둠 속에서 맥락 없는 생각들이 떠올랐으나 대개는 눕자마자 잠이 들었다. 깊고 두터운 잠이었다.

해가 지면 돌아가고 싶고, 그곳을 생각하는 것만으로 푸근한 기분이 드는 곳을 우리는 집이라고 부를 수 있을 것이다. 몸을 씻고, 밥을 먹고, 몸을 뉘여 잠을 자는 곳, 별것 없는 일상이 이어지는 곳이지만 더 살아볼 기운을 얻는 내 작은 안식처. 누워서 별을 볼 수 있는 창이 난 집이라면 좋겠지만 별을 보는 것도 잊고 잠드는 날이 많을 것이다. 별을 올려다볼 수 있는 삶을 꿈꾸는 건지도 모른다.

우리 집은 오래된 2층 목조 가옥이다. 2층에는 다다미방 한 칸뿐으로, 골목으로 난 창을 열면 여름 공기가 훅 밀려온다. 창은 맞은편으로도 나있어 집 안 작은 마당이 내려다 보인다. 한쪽 벽에 달린 나무문을 밀어 열면 이불 두 채가 단정하게 개켜져 있다. 종이를 붙인 초롱처럼 동그란 작은 스탠드 등과 선풍기 한 대가 방 안에 놓인 물건 전부다. 아래층은 역시 다다미가 깔린 마루가 있고 간소한 부엌이 딸려 있다. 세탁기가 어디 있나 하고 한참 찾다 보니 2층으로 올라가는 계단 아래 자투리 공간에 살짝 숨어 있다. 마루에 있는 가구도 좌탁과 다기 세트를 정리해둔 그릇장이 전부. 부엌에 있는 냉장고는 수박 반 통을 넣으면 꽉 차는 작은 사이즈지만 매일 조금씩 장을 봐서 바로 먹으니 부족한 줄 모른다. 자리를 차지하는 것이 없으니 그리 넓지 않은 집이 낙낙하게 느껴졌다. 이렇게 살아봐도 좋겠다 싶었다. 가진 것 없이 여행하듯 간소하게. 그러기에는 이미 이고 지고 사는 짐이 너무 많다. 돌아가면 베란다의 잡동사니를 치우고 쌓여 있는 책도 정리하겠다고 결심한다. 아마 잘 안 될 것이다.

여행하듯 홀가분하게 살고 싶다.

여름이면 수박을 실컷 먹고 가을이면 갓 나온 사과를 맘껏 먹고 남은 것은 잼을 만들어 빵에 발라 먹으며 사는 정도로 만족할 수 있다고 생각했다. 지금도 마찬가지다. 여름에는 수박 한 덩이를 산다. 사과는 일 년 내내 사서 냉장고에 떨어지지 않게 쟁여두고 아침마다 하나씩 먹고 있다. 제법 잘 살고 있는 것일까. 그 정도는 아무것도 아니다, 행복하고는 거리가 멀다, 겨우 사는 것이다, 그렇게 말하는 사람도 있을 것이다. 하지만 매일 아침 사과 한 개가, 여름철 수박 한 조각이 행복과는 거리가 멀어도 기쁨과는 조금 관계가 있지 않을까. 매일 사과를 먹는다. 맛도 좋지만 건강에도 좋을 것 같다. 사과 한 개 분의 충족감을 매일 아침 맛본다. 아무것도 아니지만 내게는 그것이 중요하다.

동네 산책

우리 동네는 수수한 집들이 이웃하고 있는 조용한 곳이다. 중앙로라고
할 만한 길을 따라 작은 가게들이 이어져 있다. 채소와 과일 가게가 많
고 쌀가게와 기름집, 반찬가게, 식당, 미장원과 이발소, 이발소 옆에는
오래된 목욕탕도 하나 있어 저녁이면 샴푸 냄새가 풍겨 나온다. 며칠
에 한 번 장이 서는 읍내 같은 풍경이라 우리는 이 거리를 읍내라고 불
렀다. 손님이 많지도 않은 것 같은데 가게들은 늘 아침 일찍 부지런히
문을 열고 해가 지면 문을 닫는다. 개 짖는 소리도 드문 고즈넉한 동네
다. 그런데 이 한적한 동네에 의외로 유명한 곳들이 제법 있었다. 근처
대덕사 앞으로는 이름난 화과자점과 오반자이집이 있고 이마미야진자
에는 천 년 된 떡집이 있어 부러 찾는 이들이 많다. 우리 집에서 걸어
서 십 분 거리에 미슐랭에 오른 소바집이 무려 두 곳이나 됐다. 버스가
다니는 큰길을 건너면 인스타그램에 단골로 오르는 양갱집이 있고 그
옆으로 일본 영화의 배경이 되었던 카페와 오래된 목욕탕인 후나오카
온센이 있고 책과 일러스트 좋아하는 사람들은 다들 한 번씩 들른다
는 작은 서점 등이 이어진다. 구석구석 매력적인 곳이다.

머무는 곳에 따라 여행의 패턴이 바뀌는 것을 경험했다. 도심에서 조금 떨어진 곳에 방을 빌렸을 때는 아침이면 숙소 앞 묘지를 산책하고 (상당히 아름다웠다) 그 도시를 대표하는 특별 요리와는 상관없는 죽이나 샌드위치 같은 것을 사먹고 카페에 앉아 책을 읽다 작은 서점에 들러 알 수 없는 언어로 적힌 책을 구경하고 우연히 만난 플리마켓에서 이런 것을 팔아도 되나 어리둥절해서 조금 웃다가 해가 지면 시나몬롤이나 복숭아를 사서 숙소로 돌아왔다. 늦은 밤에 영화를 보고 새벽까지 하는 카페에서 햄버거와 맥주를 사먹고 숙소로 돌아온 것은 도심의 호텔에 묵었을 때였다. 어느 쪽이나 즐거웠다.

가능하면 버스나 지하철을 타지 않고 무엇을 찾거나 찾지 못하거나 안달내거나 조급해하고 싶지 않다. 화도 짜증도 내지 않고 즐겁고 싶다. 그러므로 우리 동네 산책은 애쓰지 않고도 가볍고 산뜻하게 즐거웠다. 여행한 것 같지 않은데 여행한 기분이었다.

카페의 첫 손님

동네에는 눈여겨보지 않으면 카페인 줄 모를 곳들이 종종 있었다. 간판도 걸지 않은 수수한 집에 오픈 시간에만 문 앞에 작은 메뉴판을 내놓을 뿐이다. 그나마도 없는 집도 있다. 손님은 주로 이웃 주민들이다. 주인과 손님은 강아지는 다친 다리가 어떤가, 오늘도 꽤 무덥다든가 하는 인사를 자연스럽게 주고받는다. 집 주변에 자주 가던 카페가 있었다.

닫힌 문 앞에 서성이는 우리를 보고 문을 열어준 주인이 웃으며 인사를 건넨다. 창가 자리에 앉아 주문을 하고 나자 괘종시계 소리가 울린다. 낮고 둔중한 열한 번의 종소리. 우리가 카페의 첫 손님이다. 이 동네에서 보기 드문 성급한 손님이었을 것이다. 카레 냄새가 풍기기 시작했다. 카페에는 꽤 괜찮은 런치 메뉴가 있다.

어느 날은 카레와 파스타를, 어느 날은 도시락을 번갈아 주문해 먹었다. 어느 것이나 소박하게 맛있다. 도시락을 주문하면 먼저 적당한 온기를 지닌 뭉근한 죽이 나온다. 특별할 게 없는 죽이지만 그게 그렇게 좋았다. 어쩐지 대접받는 기분이 든다. 얌전하게 뚜껑이 덮인 찬합을 열면 꽃밭이 펼쳐진다. 노랗고, 붉고, 초록인 채소들이 꽃처럼 어여쁘게 놓여 있다.

부드럽게 졸인 호박과 포근포근하게 삶은 고구마, 시소 잎에 올린 유바, 잡내 없이 익힌 고기편육과 채소무침 두어 가지, 특히 양념해서 부드럽게 익힌 가지 반찬은 눈이 반짝해질 만큼 맛있다. 원래 가지를 좋아하기도 하지만 이렇게 맛있는 가지 요리는 오랜만이다. 솜씨도 좋거니와 가지 자체가 맛있다. 교토는 채소가 맛있기로 유명하다. 독특한 모양과 색감, 맛을 지닌 교토 채소를 교야사이(京野菜)라고 하는데 그 재배 방법과 선별법이 엄격하다. 그만큼 채소에 대한 자부심도 대단하다. 채소에 자부심까지, 싶지만 먹어보면 생각이 달라진다. 여름 동안 교토의 신선한 채소를 맘껏 먹을 수 있다는 생각에 즐거워진다. 여름 채소가 좋다. 우리는 여름 동안 부지런히 카페의 첫 손님이 된다.

빵의 위로

예전에 내가 살던 동네 골목 어귀에 빵집이 하나 있었다. 동네 빵집 치고는 규모가 꽤 크고 빵 종류가 다양한 데다 맛이 좋았다. 손님들은 주로 주민들이었고 낮에는 곱게 차려입은 할머니들이 둥근 테이블에 둘러 앉아 커피와 빵을 먹으며 담소를 나누었다. 그 모습이 고풍스러운 빵집 분위기와 잘 어울렸다. 그 빵집이 지금은 여기저기 방송에 '서울 3대 빵집'으로 소개되며 멀리서 부러 찾아오는 모양이지만 그 당시 내게는 그냥 '맛있는 우리 동네 빵집'이었다.

퇴근할 때 종종 빵집에 들렀다. 제일 자주 산 건 완두콩식빵과 슈크림이었다. 슈크림은 빵집의 최고 인기 상품이라 퇴근 시각이면 이미 다 팔려 못 사는 경우도 많았다. 서너 개 남아있는 슈크림을 보면 '럭키!'라고 속으로 쾌재를 부르며 "다 주세요." 하고 호방한 소비를 했다. 종이처럼 얇은 슈 속에 바닐라빈이 콕콕 박힌 묵직하고 달콤한 크림이 가득 차 있는 슈크림이다. 슈크림을 산 날은 집까지 가는 걸음이 가쁘다. 빵집에서 우리 집까지는 겨우 몇 발자국이었다. 집에 돌아가자마자 동생과 함께 슈크림을 먹었다. 차마 한입에 넣기 아깝지만 가장 맛있게 먹는 방법은 역시 한입에 넣는 것이다. 슈가 터지며 물컹, 하고 부드러운 크림이 입 안으로 밀려들었다. 보드라운 눈뭉치처럼 사르르 녹았다.

동생과 빵을 나누어 먹으며 이런저런 이야기를 했다. 각자 직장과 학교(그때 나는 작가가 되기 전이었고 동생은 대학생이었다)에서 있었던 재미나거나 속상했던 일들, 고민과 걱정, 어이없는 실수와 오해, 악의 없는 행동과 말들로 입은 상처, 그게 정말 악의가 없었던 것인지 한동안 생각하다 또 빵 한 조각을 입에 넣었다. 그만 둘까, 하고 말하면 그만 둬버려, 하고 동생이 말해주었다. 그러면 아, 뭐가 그래, 하고 하하 웃었다. 그런 것들을 이야기하며 슈크림을 먹으면 전전긍긍하던 일들은 겨우 그깟 일들이 되어 스르륵 뭉개지고 달콤한 크림이 생채기 난 마음을 살짝 덮어주는 것 같았다. 식빵 속의 완두콩처럼 조금은 야물어지는 기분도 들었다.

대단한 것은 아니다. 그것은 빵 모양을 한 아주 작고 사소한 위안이었다. 빵의 위로를 받던 날들. 나는 동네에 맛있고 다정한 빵집이 하나 있으면 조금은 세상 견디기가 보드라워진다고 생각하게 되었다.

얼마 뒤 좋아하던 빵집이 있는 동네를 떠나 이사하게 되었다. 아주 멀리 간 건 아니다. 지금도 마을버스를 타고 그 빵집 앞을 매일 지나친다. 가끔은 부러 버스에서 내려 빵을 산다. 웬일인지 내가 좋아하던 완두콩식빵은 없어지고 대신 밤식빵이 그 자리를 차지했다. 다행히 슈크림은 팔고 있다. 여전히 근사한 맛이다. 그래도 전처럼 퇴근길에 들르거나 주말에 슬리퍼를 신고 슬렁슬렁 걸어 아침 빵 뷔페를 먹으러 가던 기분과는 다르다. 전에는 이웃집에 가는 기분이었는데 이제는 정말 손님 같은 기분이랄까. 그때의 신나는 기분은 좀처럼 들지 않는다. 좋아하는 것을 하나둘 잃어가는 것 같다. 좋아하는 마음이 점점 작아지고 있는지도 모른다. 언젠가는 아무것도 좋아하지 않을 날이 올지도 모른다고 생각하면 마음이 무거워진다. 연습을 하면 젓가락질, 수영이나 피아노 실력이 늘듯이 좋아하는 마음도 연습하면 늘 수 있을까. 수영은 아무리 연습해도 늘지 않았다는 생각에 다시 마음이 무거워진다. 그렇게 되는 것이 내 인생이라면 하는 수 없이 받아들여야 하지 않을까, 생각한다. 그래도 하나쯤은 좋아하는 게 남았으면 좋겠다. 이를 테면 빵 같은 것.

교토의 동네에는 아담한 빵집들이 자주 보인다. 체인점은 거의 찾아볼 수 없다. 각자 개성 있는 빵을 정성들여 만들어 내는 빵집들이다. 여름 집이 있는 우리 동네에도 빵집이 많았다. 버스 정류장 근처에 있던 두 곳의 빵집은 참새가 방앗간 드나들 듯 자주 갔다. 집으로 돌아가며 다음날 아침으로 먹을 빵을 사기도 하고 버스를 타러 가다 맛있는 냄새에 홀려 들어가기도 했다. 아침을 먹은 지 얼마 되지 않았건만 갓 구워진 빵은 시도 때도 없이 식욕을 불러 일으켰다. 맛있는 데다 가격도 꽤 저렴했다. 늘 손님들이 즐거운 얼굴로 드나들었다. 화가 난 얼굴로 빵을 고르는 사람은 본 적이 없다. 화가 나 있더라도 동글동글한 빵을 보거나 고소한 버터 냄새를 맡으면 스르륵 화가 풀리는 게 아닐까. 방향제로 꽃이나 과일 향도 좋지만 빵 냄새를 써보는 건 어떨까 싶다. 집 안에서 빵 냄새가 풍기면 상당히 심신에 안정을 줄 것만 같다. 몹시 먹고 싶어지는 부작용은 따르겠지만.

빵집의 런치 세트

집에서 가까운 Kaffee und Bäckerei Werk라는 빵집은 어쩐지 범접하기 어려운 이름과 달리 소박한 가게다. 하얀 벽에 초록 나무 지붕 건물은 과연 독일 어느 작은 마을에 있을 법한 집처럼 생겼다. 레이스 커튼 사이로 슬쩍 들여다보니 진열대 위에 곰돌이 푸와 미키마우스, 미니언즈가 위풍당당하게 서있다. 전체적으로 어수선하면서도 푸근한 느낌이다. 어떤 편인가 하면, 그런 것을 좋아한다. 인스타그램에 핫플레이스로 떠오를 일도 없고 관광객이 부러 찾아올 일도 절대 없는 동네 빵집이다. 아침이면 이웃들이 부지런히 드나들며 빵을 사간다.

거친 곡물로 만들어 투박한 맛이 나는, 몸에는 좋지만 오래 씹으면 턱이 살짝 아파오는 독일풍 빵을 파려나 했지만 단팥빵이라든가 피자빵, 명란빵과 메론빵, 식빵 등의, 이것은 영락없는 일본 빵 아닌가 싶은 빵을 판다. 귀여운 곰돌이 모양 크림빵은 늘 솔드아웃이다. 귀여운 것을 좋아하는 건 모두 마찬가지인 모양이다.

하루는 빵을 고르는 대신 테이블에 앉았다. 가게 앞에 진열해 놓은 런치 메뉴 모형을 구경만 하다가 먹어보기로 했다. 샐러드를 곁들인 새우튀김 정식과 샌드위치를 주문한다. 테이블이 길게 놓여 있는 가게 안은 옛날 다방을 연상시킨다. 어항이 하나 있어 줘야 할 것 같은데, 하고 둘러보니 과연 있다. 빈 어항이지만 예전에는 키싱구라미 같은 귀여운 물고기들이 헤엄쳐 다녔을 것 같다.

주문한 음식이 나왔다. 빵이 맛있으니 당연히 샌드위치도 맛있다. 햄과 오이, 양상추와 달걀을 넣은 심플한 샌드위치지만 밸런스가 좋다. 단순한 재료로 제대로 된 맛을 낸다. 그것이 바로 내공인 것 같다. 새우튀김을 베어 물자마자 바사삭 소리가 난다.

빵집에서 이런 새우튀김을 파는 건 반칙 아니니?

이런 반칙이면 그냥 눈감아 주자.

소곤소곤 말을 나누며 접시를 비운다. 튀김이 맛있으니 크로켓도 맛날 것 같다고 생각하며 진열대를 눈으로 더듬는다. 다행히 몇 개 남아 있다. 푸와 미니언즈 사이에.

박력 넘치는 노부부의 식당

식당에 대한 정보는 아무것도 없었다. 동네를 돌아다니다 문 앞에 걸린 푸른색 포렴이 예뻐 가게 안을 슬쩍 들여다보기 전까지는. 동네보다는 시장 한 귀퉁이, 교토보다는 동남아의 거리에 어울릴 것 같은 자유분방함이 넘치는 작은 가게. 손님은 아무도 없다. 어쩔까 망설이는데 안쪽에서 가다랭이 국물 냄새가 풍겨온다. 나도 모르게 가게 안에 들어서 있다. 노란 천이 드리워진 부엌 안에서 주인 내외가 나온다. 아주머니는 일본 영화 <바닷마을 다이어리>에 나오는 식당 주인처럼 곱고, 후리후리한 아저씨는 왕년에 오토바이 좀 몰았을 듯한 인상이다 (과연 가게 앞에 오토바이 한 대가 주차되어 있었다). 딱 봐도 부부다. 안 어울리는데, 묘하게 어울리는 것 같기도 한 부부다. 아주머니가 차가운 차가 가득 담긴 박력 넘치는 주전자를 탁자 위에 올려놓고 간다. 메뉴판은 벽에 붙어 있다. 메뉴가 엄청나게 많아서 끝도 없는 고민에 빠지고 만다. 주로 덮밥류와 면류. 가격은 오백 엔에서 육백 엔 사이. 싸기도 싸다. 동생은 단호하게 오야코동을 외치고 나는 청어소바와 카레우동 사이에서 방황하다 타누키우동을 시킨다. 타누키우동을 시키니 아저씨가 우동 면으로 할래, 소바 면으로 할래, 하고 묻는다. 어디까지나 후리후리한 스타일이다(이 경우 후리후리하다는 뜻은 영어 단어 free에 가까운 느낌이다).

우동, 하니 하루키의 여행서에 나오는 '우동 여행'이 떠오른다. 하루키 씨가 잡지 취재차 사누키우동으로 유명한 카가와 현(카가와 현의 옛 이름이 사누키다)에 가서 아침부터 밤까지, 코를 풀면 코에서 우동 가락이 나올 정도로 주구장창 우동을 먹는 이야기인데 이게 꽤 재미있었다. 우동만 먹는 여행도 재밌지만 소개한 가게들이 별나다. 주인은 보이지 않고 손님이 직접 면을 삶아서 먹는 가게며, 우동에 넣을 무를 테이블에 앉은 손님들이 손수 열심히 갈고 있는 가게도 나온다. 제일 흥미로웠던 가게는 택시 기사가 이런 곳에 우동가게가 있으려나요, 어어, 진짜 있군요, 하며 데려다줬던 논바닥 가운데에 있던 우동가게다. 손님이 파를 좀 달라고 했더니 주인이 대답한다. 저기 밭에 많으니 얼

마든지 뜯어다 드슈. 그야말로 터프한 가게다. 우동만 먹는 여행도 괜찮을 것 같군, 하고 생각했다. 실제로 카가와 현에는 우동버스 투어라는 것이 있다고 한다.

잠시 후 내 앞에 우동 한 그릇이 턱 놓인다. 유부와 큼직하게 썬 대파만 올린 심플한 우동이다. 우선 국물을 한 모금 맛본다. 맑고 뜨거운 국물을 들이키자마자 아, 시원하다, 하는 소리가 절로 나온다. 땀을 흘리며 그릇을 말끔히 비운다. 머리 위에서 이따금 틸틸거리는 소리를 내며 선풍기가 돌아간다. 일부러 찾아올 만한 집은 아니지만 소박하게 한 끼 먹기 좋았다. 사흘에 한 번은 들렀다. 갈 때마다 박력 넘치는 가게였다.

과묵한 셰프, 푸아그라의 복숭아 수프

셰프는 말이 없는 남자다. 서빙은 셰프와 비슷한 연배의 젊은 직원이 한다. 재료와 조리 방법과 먹는 법을 상냥한 목소리로 설명해준다. 부부가 아닐까 짐작하지만 우리도 과묵한 셰프처럼 과묵한 손님이 되어 묻지 못한다. 손님은 우리뿐이다.

과묵한 셰프가 하는 손님 없는 프렌치 식당은 골목 안, 우리 집에서 두 집 건너 스무 걸음쯤 떨어져 있었다. 우리 집과 비슷한 외관에 푸른색 포렴이 드리워져 있다. 집 앞에 놓인 메뉴를 적은 작은 칠판이 아니었으면 식당임을 알 도리가 없었을 것이다. 칠판에 적힌 대로라면 코스 구성이 훌륭하고 게다가 가격도 합리적이다. 교토에는 좋은 프렌치 식당이 많다. 미슐랭 스타를 받은 곳도 여러 군데 있다. 그런 곳도 좋지만 동네에 조용히 위치한 작은 프렌치 식당이 상당히 만족스러웠던 적이 몇 번 있다. 소리 없이 빛나는 곳들, 교토는 그런 곳으로 이루어진 도시다.

이렇게 손님이 없어도 되나. 이러다 망하면 어쩌나. 우리는 돌연 걱정 많은 손님이 된다. 발을 드리운 창밖으로 가만히 흔들리는 버드나무와 이따금 맑은 소리를 내며 조용히 울리는 풍경, 빛이 부드럽게 고여 있는 단정한 테이블, 팬이 가지런히 걸려있는 청결한 주방, 그 안에서 묵묵히 요리를 만들어내는 신중하고 간결한 동작, 딱 좋을 정도의 다감한 응대, 식당 안의 모든 것이 마음에 들었기 때문이다. 요리로 말하자면.

다양한 채소와 테린을 담은 두 가지 전채 요리와 수프, 메인인 트러플 소금을 곁들인 오리 스테이크, 직접 구운 빵과 디저트로 나온 아이스크림까지 어느 것이나 좋았지만 가장 근사했던 건 차가운 복숭아 수프였다. 복숭아 향이 감도는 산뜻한 식감의 크림수프에 트러플 오일을 살짝 두르고 얇은 햄을 장미꽃처럼 말아 가운데 올리고 푸아그라를 그릇 가장자리에 둘러 각각의 맛이 섞이지 않게 냈는데, 먹을 때 숟가락으로 살짝 섞으니 맛이 농후해져서 마치 은빛 별이 총총 뜬 밤하늘에 부옇게 흐르는 은하수를 떠먹은 기분이었다.

과묵한 손님은 더는 참지 못하고 얼마 안 되는 아는 일본어를 방출하고 만다. 오이시이이이.

과묵한 셰프가 조금 수줍어하며 조용히 미소를 지었다. 한 번 터진 오이시는 무한 반복된다. 엄지도 자동으로 척 세워진다. 셰프의 표정이 푸아그라처럼 부드러워지며 우리에게 여행 온 거냐고 묻는다. 한국에서 왔다는 대답에 이웃에서 오셨군요, 하고 셰프는 작게 웃음 지으며 말한다. 모르시겠지만 우리는 정말 이웃이랍니다. 비록 며칠 동안이지만.

도심과 멀리 떨어진 이 호젓한 골목에 가게를 연 이유를 물으니 셰프가 대답했다. 가게 세가 싸서 좋은 재료로 음식을 저렴하게 내놓을 수 있죠. 일부러 찾아오신 손님들에게 잘해드리고 싶습니다. 이곳은 지나다 들를 수 있는 곳은 아니니까요.

식사를 마치고 나오니 셰프와 직원 두 사람 모두 밖으로 따라 나와 허리를 깊숙이 숙여 감사하다고 인사를 한다. 아니, 저희야말로 감사……, 하며 우리도 고개를 조아렸다. 두 사람은 다시 허리를 숙인다. 우리도 또 허리를 숙인다. 끝나지 않을 것 같은 인사를 서로 번갈아 하다 우리가 뒷걸음질로 슬슬 물러나며 미소를 교환하는 것으로 타협을 봤다.

스무 걸음쯤 걸어 우리 집 앞에 도착해 뒤돌아보니 두 사람은 스무 걸음 떨어진 가게 앞에 그대로 서 있었다. 눈이 마주치자 두 사람은 미소를 지으며 다시 고개를 숙였다. 우리도 고개를 숙이고 미소를 지어보인 뒤 얼른 집으로 들어갔다.

천 년의 떡

우리 집에서 할랑하게 걸어 십 분 정도 거리에 이마미야진자(今宮神
社)가 있다. 헤이안 시대에 역병을 막기 위해 세워진 신사로, 액막이에
효험이 있다고 찾아오는 사람들이 많은 모양이었다. 결혼 운을 빌러
오기도 하는데, 평범한 채소가게 딸이 후궁이 되어 불에 타 무너진 신
사를 재건했기 때문이란다. 우리는 떡을 먹으러 갔다.

천 년 전 이곳 이마미야진자에서 떡을 해서 제를 지낸 뒤 그 떡을 사람
들이 나누어 먹었다고 한다. 사람이 많을 때는 떡을 먹지 못하는 이들
도 있었다. 떡을 먹어야 액땜이 된다고 하는데 이거 참, 곤란하게 됐다
며 할 수 없이 집으로 돌아간다. 가는 길 내내 맛있는 떡 한 점 얻어먹
지 못한 게 어쩌나 서운한지 눈앞에 떡이 어른거리고 집에 돌아가서도
떡 귀신이 들렸는지 밤낮 떡 생각뿐이다. 자, 그런 사람들을 위해 이치
몬지야의 선조가 먹기도 좋고 맛도 좋고 돈만 내면 얼마든지 먹을 수
있는 떡을 신사 앞에서 팔기 시작했다. 이름 하여 아부리모찌. 아부리
모찌는 엄지만 한 크기의 떡을 대나무 꼬치에 꽂아 콩고물을 묻힌 뒤
숯불에 구워 백된장 소스를 묻혀낸다. 백된장 소스가 마치 조청같이
진득하고 달착지근해서 구운 떡과 찰떡궁합이다.

신사의 동문 앞, 두 개의 떡집이 길을 사이에 두고 마주보고 있다. 비슷한 규모에 고풍스러운 외관, 가게 앞 화덕에서 숯불 연기가 퍼지며 구수한 냄새가 풍겨온다. 두 집 다 아부리모찌를 판다. 교토의 군것질거리를 교우가시(京菓子)라고 하는데 아부리모찌는 그 시초라고 할 수 있다. 마주한 두 집 중, 신사를 보고 섰을 때 오른쪽이 천 년 된 떡집, 이치몬지야와스케다. 백 년쯤 된 가게는 명함도 못 내민다는 교토의 노포 중에서도 큰 형님 격이다. 왼쪽 집도 사백 년 된 집이다. 같은 아부리모찌라고 해도 약간 소스 맛이 다르다고 한다. 우선 천 년 된 가게, 이치몬지야와스케로 들어갔다.

이른 아침이라 가게는 한적하다. 우리가 두 번째 손님이다. 쓸데없이 먹을 때만 부지런하다. 잘 손질된 작은 정원을 마주하고 앉았다. 사방이 트여 있어 바람이 넘나들고 덜거덕거리며 돌아가는 선풍기가 바람을 더한다. 시원한 차와 함께 아부리모찌가 나왔다. 꼬치를 하나 들고 입에 넣었다. 귀신도 눈물 줄줄 흘리며 곡할 맛이다. 금세 접시에 빈 꼬치만 수북이 남았다.

떡집에서 나와 소화도 시킬 겸 신사를 잠시 산책했다. 여간해서는 신사에 가지 않지만 잉어가 노는 작은 연못이 있는 정원은 정갈하고 시원했다. 신사 안을 걸으며 사백 년 된 아부리모찌 맛도 궁금하다고 생각했다. 절로 걸음이 빨라진다.

오후 세 시, 빛 그림자

작은 다락방 같던 양갱 집의 2층은 고요해서 움직이는 것은 다만 빛 그림자뿐이었다.

하얀 포렴이 걸린 단정한 가게 안, 양갱이 섬세한 보석처럼 유리장 안에 진열되어 있다. 백 년 가까이 이어져 내려온 교토의 유명 과자점 우메조노사보를 젊은 주인들이 새로운 감각을 더해 문을 연 카페다(교토에 네 군데 지점이 있다). 양갱도 양갱이지만 계절 한정 메뉴라는 복숭아 빙수를 먹으러 갔다. 주문을 하니 주인이 미안한 낯으로 "오늘 빙수는 이웃 가게로 출장을 갔습니다만." 하며 종이에 올망졸망한 지도를 그려 건넨다. 복숭아 빙수 대신 복숭아를 올린 젠자이, 그리고 숱한 고민 끝에 겨우 양갱을 고르고 2층으로 올라갔다.

손님은 우리뿐이다. 햇살도 쉬어가는 듯, 나붓하여 아늑했다. 호지차가 우러나길 기다렸다 한 모금 마신다. 입 안이 깨끗하게 씻기는 듯 개운해진다. 먹기 아까울 만큼 고운 양갱이 말간 햇빛 속에 놓여 있다. 나쓰메 소세키의 '풀베개'란 소설에는 이런 대목이 나온다.

나는 과자 중에서 양갱을 가장 좋아한다. 별로 먹고 싶지는 않지만 겉이 매끈하고 치밀한데다 반투명한 속에 광선을 받아들일 때는, 아무리 보아도 하나의 미술품이다. 특히 푸른 기운을 띠도록 구워낸 것은 옥과 납석의 잡종 같아서 보기만 해도 기분이 좋다. 뿐만 아니라 청자 접시에 담겨 있는 푸른 양갱은 청자 속에서 지금 막 돋아난 것 같이 반들반들해서 나도 모르게 손끝을 갖다 대고 만지고 싶다.

소설에서 내가 좋아하는 부분은 이 대목이다. '살기 힘든 것이 심해지면 살기 편한 곳으로 옮겨 가고 싶어진다. 어디로 옮겨 가도 살기 힘들다는 것을 깨달았을 때 시가 태어나고 그림이 생겨난다.' 어떤 이유로 이 대목을 좋아했는지 지금은 잘 기억이 나지 않는다. 책을 읽은 것은 오래 전 일이다.

단정하고 고운 양갱이 입 안에서 부드럽게 뭉개진다. 호지차를 마신 뒤 젠자이도 맛본다. 몽글몽글한 팥의 고소함 뒤에 복숭아의 달콤함이 뭉클 밀려든다. 빙수도 궁금한데, 하며 지도를 들여다본다. 한번 찾으러 나가볼까, 하면서도 아직은 일어날 생각이 없다. 조금 더 앉아 있고 싶다. 빛을 베개 삼아.

그것은 단지 접시지만

이 동네의 최대 환락가구나 싶은 거리에는 재미있는 가게들이 제법 있었다. 제발 들어오라는 주인의 성화에도 꿈쩍 않고 문 앞에 드러누워 있는 엄청나게 큰 고양이가 있는 안경 가게, 법랑 냄비와 플라스틱 주발이 쌓여있는 잡화점, 옛날 학교 앞 문방구 같은 가게 안에는 빛바랜 딱지와 스티커 등이 잔뜩 걸려 있다. 원색으로 벽을 칠한 이탈리안 레스토랑과 수수한 포렴을 늘어뜨린 식당, 주인이 병약해 주말에만 문을 연다는 빵집, 아직 문을 열지 않은 술집의 유리문 안쪽을 들여다보기도 하며 별 목적도 없이 할랑하게 걸어보는 기분이 나쁘지 않다. 조금만 덜 더우면 좋으련만. 그러다 발견했다. 반짝, 눈이 빛난다.

더 이상 사지 않고, 덜 지니며 살고 싶다. 생각만으로는 부족한 것 같아 기회가 있을 때마다 동생에게 말하는 것으로 굳게 다짐한다. 그런데 왜 예쁜 것들이 자꾸 눈에 띄는 걸까. 게다가 백 엔이면 거저 주겠다는 건데 그런 배려를 굳이 사양하는 건 너무 매정하지 않은가, 하며 내 손은 작은 가판대에 쌓인 그릇을 뒤적이고 있다. 몹시 독특한 접시 한 장이 눈에 들어온다. 완전히 망친 요리를 올려도 품격이 느껴질 것 같은 접시다. 접시 한 장이 내 인생에 큰 짐을 얹는 건 아니라는 생각이 든다. 놓친 접시를 생각하며 괴로워하는 쪽이 인생에 큰 짐이 될 수도 있다. 결심했다. 고른 접시를 들고 값을 치르기 위해 가게 안으로 들어갔다가 더 큰 인생의 짐을 만나게 되었다. 가게 안은 탐나는 것으로 가득하다. 가게 앞의 매대는 미끼였을 뿐. 언제나 그렇듯, 나는 또 미끼를 덥석 물게 된 것이다.

'상하이 항로' 라는 요상한 이름을 지닌 가게는 과거에 파친코 가게에서 술집을 거친 수상쩍은 내력을 지니고 있다. 지금은 앤티크 상점이자 카페. 가게는 바뀌어도 상호를 그대로 유지하고 있는, 의중을 짐작할 수 없는 주인은 마음껏 둘러보라며 내 무소유 의지를 상냥하게 꺾어 놓는다. 무척 아름다운 그릇장이며 장식함에 홀려 넋을 잃고 바라보다가 정신을 다잡는다. 정신도 차리고 더위도 식힐 겸, 가게 한쪽에 있는 긴 테이블에 앉아 아이스커피를 주문했다. 고색창연한 간판을 그대로 걸어두고 있다니 고집스러운가, 게으른 건가, 아니면 될 대로 되라는 건가, 속내가 궁금한 주인이 커피를 내리기 시작한다. 몹시 진중하다. 삐죽 내민 입과 손목의 스냅에서 열과 성을 다하는 것이 느껴진다. 잘 맞고 하늘로 쭉쭉 올라가는 야구공처럼 깔끔하고 호쾌한 커피였다. 나도 모르게 맛있는 커피라고 칭찬을 건넨다. 주인은 쑥스러워하며 웃었다. 가게는 조용하고 나붓한 햇살이 스며들어 오래된 물건들을 가만히 비추고 있다. 유리잔 속의 얼음은 조금씩 녹아가고 있다. 어쩐지 멀리 떠나온 기분이 든다.

무언가 지녀야 한다면 이런 기분, 조금 공간이 남는다면 그곳에 이런 기억을 품고 살고 싶다고 생각한다.

접시와 커피 값을 치르자 주인이 "이건 선물입니다" 하고 내가 고른 접시와 똑같은 것을 하나 더 싸준다. 막 무소유를 다시 굳게 다짐했는데 이러시면 정말 곤란하지만. 고맙습니다.

호방한 할머니와 소바

느지막이 일어난 날, 동네 가게에서 브런치를 먹기로 했다. 메뉴는 소바다.

예전부터 눈여겨보던 가게로, 두 시간 기다렸다느니, 딱 자기 차례에 준비된 양이 다 팔려서 못 먹었다느니, 세 번 시도 끝에 성공했다는 등의 무시무시한 리뷰가 가득했다. 미슐랭에 오른 가게의 위상이다. 미슐랭 등급 설명에 따르면 별 세 개를 받은 음식점은 그곳을 위해 여행을 떠나도 좋을 만한 식당, 별 두 개는 좀 멀리 길을 돌아가더라도 찾아갈 만한 식당, 별 하나는 가는 길에 있으면 들름 직한 식당이라고 한다.

별 하나, 우리 동네에 있음. 그래서 가 보았다.

줄 서지 않을 요량으로 서둘러 도착하니 오픈 시간이 한 시간이나 남았다. 진짜 쓸데없이 먹는 데에만 부지런하다. 미슐랭 원스타의 명성이 무색하게 가게는 간판도 없이 수수하다. 문 닫힌 가게 앞은 조용하고 허리 굽은 할머니 한 분이 유모차를 지탱해 서있을 뿐이었다.

와, 소바 드시러 왔나봐!

그러게, 소바를 엄청 좋아하시나 봐.

그렇게 말하며 우리는 실실 웃었다. 설마. 소바 한 그릇 먹자고 할머니 혼자 한 시간이나 줄 서 있을 리가. 길 가다 잠시 멈춰 쉬시는 것 같았다. 가게 앞은 한적해서 한 시간 웨이팅의 조짐은 전혀 보이지 않았다. 웨이팅은 여행 성수기나 주말에나 해당되는 얘기인가 싶었다. 멋쩍어

진 우리는 오픈 시간까지 동네 산책이나 하기로 했다. 집에 가서 한숨 자고 올까 싶기도 했다. 최대한 느긋하게 걸어 동네를 한 바퀴 돌고 가게 앞으로 돌아오니 아뿔싸, 그 새 긴 줄이 생겼다. 방심했다. 고작 30분이 지났을 뿐이었다. 부랴부랴 줄 끝에 가서 섰다. 우리 뒤로 계속 사람들이 와서 줄을 섰다. 이윽고 주인이 나와 문 앞에 하얀 포렴을 내건다. 주인이 줄 선 사람들을 쓱 훑어보다 할머니를 보고 반갑게 인사를 나누더니 부축해서 안으로 모시고 들어간다. 저렇게 반가워 하는 걸 보니 혹시 어릴 적에 헤어진 어머님이신가. 아니면…… 저 할머니 진짜 줄 서 있었던 건가!

자리에 앉으니 차가운 물과 메밀 반죽을 얇게 튀긴 것이 먼저 나온다. 주문을 마치니 생 고추냉이와 작은 강판을 내어준다. 이렇게 가는 게 맞냐, 좀 더 힘을 내, 하며 우리는 고추냉이 뿌리를 잡고 열심히 갈기 시작한다. 테이블마다 고추냉이 갈기 삼매경이다. 대여섯 남짓한 테이블은 모두 차있고 문가에 놓인 벤치에도, 문밖에도 기다리는 줄이 늘어서 있다.

할머니는 우리 맞은편 테이블에 홀로 앉아 있다. 한눈에 봐도 명당이다 싶은 자리다. 단정하게 꾸민 일본식 정원이 잘 보이는 아늑한 벽 쪽 테이블이다. 70년 정도 앉아온 듯한, 할머니의 지정석 같다. 메뉴판을 두고 고심한 우리와 달리 할머니는 직원들과 담소를 나누며 주문을 척척 한다. 이내 채소절임 한 접시와 술 한 병이 할머니 테이블 위에 놓인다. 할머니는 술을 한 잔 따라 호쾌하게 비우더니 채소절임을 안주로 술병을 쭉쭉 비워 나간다. 채반에 가득 담긴 소바가 나오자 그것도 맛나게 드신다. 지켜보는 동안 감탄이 절로 나온다. 대낮부터 술 한 병을 비우는 주량과 불도저처럼 척척 그릇을 비우는 식욕과 땡볕에 한 시간 넘게 서 있어도 너끈한 체력. 흐트러짐 하나 없이 자세가 꼿꼿하다. 유모차를 의지해 서 있었던 것도 잊을 정도다. 참으로 멋지다.

우리가 주문한 소바가 나왔다. 자루소바와 따끈한 오리육수에 적셔먹는 카모세이로소바. 담박하고 깔끔하다. 기대가 커서인지 조금은 아쉬운 맛이다. 미슐랭 식당인 걸 모르고 들어갔으면 와, 하고 감탄했을지도 모르겠다. 맛이 없냐 하면 그건 아니다. 면발의 감촉과 소박한 메밀의 풍미를 느끼는 것이 소바의 맛 아니겠냐고 말하고 싶지만 실은 잘 모르겠다. 내가 소바에 대해 잘 알지 못하기 때문이다.

쌀밥이나 채소와 고기 혹은 사과라면 좀 더 안다고 할 수 있을 것이다. 익숙하기 때문이다. 특히 사과라면 조금이라도 더 맛있는 것을 먹기 위해 돈을 흥청망청 쓰고 있다. 이렇게까지 사과를 좋아하면 사과에 관한 책 한 권은 써야 한다고 농담할 정도다. 사실 사과에 대해 책을 쓸 정도로 잘 알지는 못한다. 다만 사과의 맛을 구분하는 혀는 갖고 있다. 소바의 맛을 구별하는 혀는 아직 지니지 못했다. 70년 올곧은 소바 인생을 걸어온 교토의 할머니 정도는 돼야 그 참맛을 알 수 있지 않을까. 다시 말하지만 멋진 할머니다. 할머니가 돼서도 좋아하는 것을 당당하게 마음껏 즐기고 싶다. 그러기 위해서는 우선 체력과 돈을 비축해야 할 것이다.

한밤의 튀김과 여행의 여신

간혹 낯선 도시에서 우연히 여행의 신을 만날 때가 있다. 이번에는 튀김집에서 만났다.

우리 동네 가게들은 대개 해가 지면 문을 닫는다. 밤늦게까지 불을 밝히고 있다면 그건 술집이다. 아저씨들 틈에 끼어서 닭 꼬치라도 먹어야 하나 싶던 차, 거리로 노란 불빛이 흘러나오는 가게를 발견했다. 슬쩍 들여다보니 단정한 바가 길게 놓여있다. 칵테일 바 같은 것인가 했는데 알고 보니 쿠시카츠 집이었다. 쿠시카츠(串カツ)란 고기와 해산물, 채소 등의 재료를 꼬치에 꽂아 튀겨내는 오사카 식 튀김 요리다. 준비한 재료를 순서대로 하나씩 즉석에서 튀겨서 내는데, 스무 가지 정도 코스라고 했다. 도중에 그만! 이라고 외칠 수 있는 기회가 주어진다. 하지만 처음 나온 튀김을 맛보고 알았다. 그만! 이라고 외칠 기회란 없다고. 너무 근사하다. 가지, 피망, 당근, 호박, 버섯, 고추, 아스파라거스, 새우, 쇠고기, 닭고기, 장어, 문어, 치즈. 쉴 새 없는 맛의 향연이 펼쳐진다. 바삭바삭 입 안에서 튀김옷이 부서지고 신선한 재료가 살살 녹는다. 맥주가 술술 넘어간다. 차가운 포타주와 샐러드, 채소무침 등도 곁들여 나오는데 이것 역시 상당히 맛있다. 셰프는 튀김을 낼 때마다 재료를 설명해주며 그에 어울리는 소스나 소금을 권한다. 네네, 소스든 소금이든 분부대로 힙죠. 즐거워져 버렸다.

살뜰하게 잔을 치워주고 접시도 바꿔주던 친절한 직원이(상당히 인상 좋은 중년 여성이었다) 우리에게 휴가 중이냐고 물었다. 한국에서 왔다고 하니 반색한다. 한국 음식을 좋아해서 요리를 배우러 서울에 두 번이나 갔다 왔다며 그때 만든 음식들을 찍은 사진을 보여준다. 그러면서 한국 음식은 참 다양하다며, 그중 대표 음식이 뭐냐고 물었다. 대답을 망설이는 동안 셰프가 끼어들어 비빔밥 아니냐고 거든다. 아, 비빔밥.

전주 음식을 두고 하는 농담이 있다. 전주에 가서 현지인들에게 맛집 좀 소개해 달라고 하면 대개 돌아오는 대답은 이렇다. 아, 암데나 가. 암데나 가도 웬만헌게. 그럼 한옥마을 가서 비빔밥이나 한정식 먹겠다고 하면 그제야 질색하며 아는 맛집 보따리를 풀어 놓는다는 농담. 그런데 농담만은 아니다. 전주는 한옥마을 빼면 어느 식당에 가도 웬만큼은 한다. 한옥마을에도 맛있는 집이 더러 있지만 대부분 관광객에게 맞추어져 있다. 주민들은 잘 안 간다는 얘기다(전주 사람들은 외식할 때 집 근처 고기 집이나 빕스에 간답니다). 집에 있는 나물 몇 가지 넣고 고추장이랑 참기름 쬐께 넣고 비벼 묵으면 훨씬 맛난디 머덜라고 비빔밥을 사 먹는다요, 하는 게 전주 현지인들 입맛이지만 여행자들은 그 도시의 특별한 음식이나 전통 요리 같은 것을 먹고 싶은 법이다. 이번에는 우리가 물었다. 교토의 대표 음식이 뭐냐고. 직원은 우리가 생각하는 교토 대표 음식이 뭐냐고 되물었다. 아마도 오반자이 아닐까요. 고심 끝에 내놓은 대답에 직원은 깜짝 놀란다. 그런가요, 오반자이 이미지군요, 하며 어째 실망한 기색이다. 틀린 답이었나 보다. 오반자이는 소박한 가정식으로, 예전에는 손님에게 오반자이를 내는 것은 실례였다고 한다(손님이 오면 시다시야(しだしや)라고 하는 배달요리 전문점에 주문해 대접했다고 한다). 그런 오반자이가 교토 대표 요리가 되었지만 현지인들에게는 일품으로 꼽는 음식이 아닐 수도 있을 것 같다. 마치 전주 사람의 전주비빔밥처럼.

교토 음식은 몹시 다양해서 대표 음식이 뭐라고 딱 집어 말할 수 없어요. 프렌치, 이탈리안, 우동, 소바, 라멘, 오코노미야키……, 아, 물론 오반자이도 있죠.

직원이 안타까운 표정으로 말했다. 그러더니 교토에서 어느 식당에 다녔냐고 물었다. 우리가 고백 성사하듯 읊조리는 가게 이름에 직원은

고개를 끄덕이거나 혹은 눈살을 살짝 찌푸리기도 했다. 나는 웬일인지
떠, 떡을 좋아한다는 고백까지 하고 말았다. 그러자 직원이 갑자기 펜
을 빼들었다. 그리고 근처 오반자이와 소바를 파는 맛있고 저렴한 식
당 두 곳과 할머니, 할아버지 두 내외가 진짜 열심히 떡을 만든다는 떡
집 한 곳의 이름까지 휘리릭 종이에 적어 내 손에 꼭 쥐어 주었다. 얼
마나 박력 넘치고 손은 따스했는지 모른다. 그제야 깨달았다. 아, 당신
은 여행의 여신이었군요.

스무 개의 튀김에 맛있었던 튀김을 몇 개 더 청해서 먹고 후식으로 나
온 푸딩까지 말끔히 해치웠다(셰프가 만들었다는 푸딩이 또 엄청 맛
있어서 술이 다 깰 지경이었다). 상냥한 직원, 아니 여행의 여신님이
문밖까지 따라 나와 배웅을 해주었다. 조금 알딸딸해서 밤길을 걸으며
내일은 오반자이와 떡이로군, 생각했다. 달이 크고 환했다.

달걀 모양의 즐거움

간밤에 여행의 여신이 알려준 오반자이집과 떡집은 '학문의 신'을 모시는 키타노텐만구(北野天滿宮) 신사 근처였다. 집에서 과히 멀지 않았다. 더위만 아니라면 슬슬 걸어도 좋을 거리였다.

마침 오반자이집 근처에 괜찮은 카페도 하나 있다. 점심 때까지 좀 여유가 있어서 먼저 카페에 들렀다. 창고를 개조한 카페는 천장이 높고 단정한 하얀 벽에 나무를 덧대 차분함이 느껴진다. 사람과 사람, 물건과 물건, 물건과 장소를 잇는 마음을 소중히 여긴다는 뜻에서 '매듭' 이란 의미의 knot를 카페 이름으로 지었다고 한다. 커피에 대한 주인의 자부심이 느껴지는데 정작 가게의 명물은 타마고산도다. 커피만 내기는 아쉬우니까 커피와 잘 어울리는 음식을 하나 만들까, 누구나 좋아하면서도 좀 색다른 것이 좋겠지, 해서 내놓은 것인데 이게 엄청 인기를 끌어버렸다. 센스가 있는 것이다. 두툼한 달걀말이를 넣은 햄버거 모양의 타마고산도를 주문한다. 우리는 과식 묘기단이니까 앙버터 산도도 시킨다.

교토에서는 유독 달걀샌드위치를 많이 먹었다. 편의점에서도 자주 사먹고 카페에서도 종종 달걀샌드위치를 주문했다. 스타일은 다르지만 어느 것이나 산뜻하게 맛이 좋았다. 기본적으로 빵 사이에 달걀을 넣는다고 하는 심플한 음식이다. 달걀말이를 넣기도 하고 삶은 달걀을 으깨서 넣기도 한다. 여기에 겨자를 살짝 바르기도 하고 얇게 썬 오이나 고수를 곁들이기도 한다. 청수사 근처의 오래된 카페 이치카와야코히(市川屋珈琲)는 커피도 좋지만 계절 과일로 만들어내는 후르츠산도가 맛있다고 해서 찾아갔다가 고소하게 부쳐지는 달걀 냄새에 홀려 타마고산도까지 주문하고 말았다. 스크램블한 부드러운 달걀을 빵 위에 올린 샌드위치의 풍미가 좋았다. 간단한 음식에서 풍미가 느껴진다고 할 정도가 되기란 그리 간단하지 않다. 직접 해보면 알게 된다. 간단한 요리를 맛있게 하는 게 어렵다는 것을. 가끔 그 심플한 음식들이 생각난다. 달걀샌드위치를 먹기 위해 떠나는 여행이라는 것도 해볼 만하다고 생각한다.

의외로 즐거움은 그런 시시한 것들을 하는 데서 오는 경우가 많다.

여행의 기약

간밤에 여행의 여신이 일러준 식당 앞에는 큼직한 고구마와 호박, 반으로 썬 수박 몇 통이 평상 위에 가지런히 놓여 있었다. 오늘 반찬거리인 모양이다.

안에는 일렬로 앉는 테이블이 세 줄로 길게 놓여 있다. 어느 모로 보나 관광객보다는 근처 주민이나 직장인이 와서 뚝딱 먹고 나갈 소박한 밥집이다. 하얀 머리를 머릿수건으로 싸맨 할머니가 어서 오라고 동글동글한 미소를 지으며 반겨준다. 오반자이를 주문하니 몹시 미안한 낯으로 주말에는 오반자이가 안되고 소바만 된다고 한다. 실망했지만 여행의 여신은 이집 소바도 맛있다고 했으니 먹고 가기로 했다. 소바가 쟁반에 단정하게 담겨 나왔다. 달걀말이와 노란 수박 한쪽도 얌전히 곁들여져 있다. 멀찍이서 할머니가 슬쩍 우리 눈치를 살핀다. 마치 오랜만에 놀러온 되게 무뚝뚝한 손녀에게 있는 반찬 없는 반찬 다 해서 잔칫상을 차려 놓고도 찬이 없어 어쩌누, 달걀이라도 부쳐 주까 하는 할머니의 마음이 느껴진다. 후루룩 한 입 먹고 할머니를 향해 웃으니 할머니도 미소 짓고 주방 안으로 들어갔다.

맛있다. 사람의 마음이란 간사해서 현지인이 맛 보증한 곳이라니 맛있게 느껴지는 것이리라 생각하면서도, 역시 맛있다. 맛있다, 맛있다 하며 금세 그릇을 비웠다. 나는 아무래도 미슐랭보다는 현지인 입맛인가 보다.

오반자이도 기대가 돼서 다시 오자고 했지만 여행이란 인생과 닮아 있어 계획대로 되지 않는다. 다시 교토에 간다면 꼭 해야 할 일이 생겼다. 썩 괜찮은 오반자이를 먹을 것이다.

친구의 포근포근한 떡

떡집은 키타노텐만구 신사를 마주보고 있는 아담한 가게다. 노부부가
날마다 열심히 떡을 만든다는 가게에 들어가니 노부부 대신 중년의 여
성과 청년이 친절하게 맞아준다. 가게는 1682년부터 대를 이어온 떡집
이다. 키타노텐만구 신사에 제사가 있는 날이나 수험 철에는 쉴 새 없이
손님이 드나들어 주문 전용 창구가 따로 있을 정도다. 신사에 갔다 이
집에 들러 아와모찌를 사가는 게 교토인들의 오래된 풍습이란다. 아와
모찌는 좁쌀로 만든 떡이다. 옛날 쌀이 귀했을 때 해먹던 떡인데 이제
는 오히려 좁쌀이 귀해졌지만 여전히 전통을 유지해 오고 있다. 주문
을 하니 아주머니가 바로 반죽을 빚어 넘기자 청년이 반죽에 팥을 입
혀준다. 손발이 척척 맞는다. 하루 이틀 해본 솜씨가 아니다. 떡은 씹
을 새도 없이 입 안에서 사르르 녹는다.

내게는 떡볶이를 무지 좋아하는 친구가 하나 있다. 첫 직장 입사 동기
였다. 처음 접하는 사회생활이 낯설고 어려워 나는 점점 비관적인 인
간이 되어 갔지만 친구는 세상에 초연한 편이었다. 비관과 초연은 의외
로 죽이 잘 맞았다. 우리는 둘 다 막내에게 기대되는 싹싹함이라고는
눈곱만치도 없어서 귀여움은 받지 못하고 저러다 쟤들 조만간 그만 두
고 말지, 하는 우려만을 샀다. 친구와 나는 밥맛이 없다거나 소화가 잘
안된다고 선배들을 따돌리고 둘이서 점심을 먹으러 갔다. 메뉴는 물론
떡볶이였다. 세상에 초연해서 식탐 같은 것도 도통 없던 친구가 오직
하나 떡볶이에만은 집요했다. 회사 근처 분식집을 전전하고 퇴근 후에
는 소문난 떡볶이집들을 찾아다녔다. 친구는 하루 세 끼 매일 떡볶이

만 먹어도 좋다고 했다. 나는 다른 것을 살짝 먹어도 좋겠다고 생각했지만 불만은 없었다. 친구랑 둘이 있는 게 좋았기 때문이다. 떡볶이를 먹으며 우리는 잘 풀리지 않는 일들과 좀처럼 섭외가 안 되는 연예인들과 이런저런 요구가 많은 매니저 등등 수많은 것들을 씹었다(우리는 잡지사에 다니고 있어서 입사 후부터는 악몽은 시험 보는 꿈 대신 기사 펑크가 나는 꿈으로 바뀌었다). 선배들의 우려와 달리 나와 친구는 제법 오래 버티어, 나는 십 년을 직장 생활했다. 친구는 내가 퇴사하기 얼마 전에 결혼해 미국으로 떠났다. 회사를 그만 두자마자 나는 친구를 만나러 미국에 갔다.

친구는 미국 동부의 한적한 대학가 도시에 살고 있었다. 집 주변에 숲이 울창해서 간혹 노루가 먹이를 찾으러 내려오는 곳이었다. 친구의 집에서 며칠을 묵었다. 회사를 그만 두었다는 홀가분함 한편에 앞으로 무엇을 하고 살까, 굶어 죽지 않고 살 수 있을까, 하는 근심을 품고 있는 내게 친구는 무엇을 하고 살지, 무엇을 해서 굶어 죽지 않고 살지, 묻는 대신 하루 세 끼 밥을 해주었다. 떡볶이도 물론 해주었다. 그리고 어느 오후, 친구는 전날부터 불린 쌀을 찧고 찌고 반죽하더니 떡을 만들어 주었다. 팥고물을 넉넉히 묻힌 떡은 부드럽고 견과류가 고소하게 씹히며 유자향이 은은히 났다. 미국, 이 작은 마을에서 팥과 유자청은 어떻게 구했는지 묻지 않았다. 대신 친구가 권하는 대로 포근포근한 떡을 먹고 또 먹었다.

아와모찌와는 전혀 상관없는 이야기다. 그런데 가게에 앉아 떡을 먹고 있으니 문득 친구 생각이 났다. 친구는 여전히 미국에 살고 있다. 친구와 함께 맛있는 것을 먹고 싶다. 물론 메뉴는 떡볶이겠지. 떡볶이를 먹고 나면 이렇게 맛나고 부드러운 떡을 나눠 먹고 싶다. 떡집이 오래오래 남아주었으면 좋겠다. 오백 년쯤, 아니 천 년도 괜찮겠지.

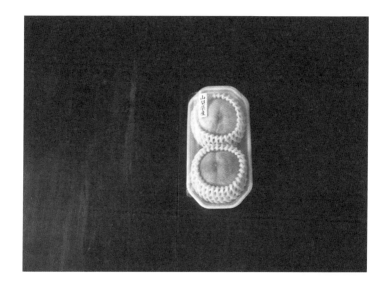

지난봄에 경기도에 있는 복숭아농장에 갔다. 복숭아농장이라고 할 것
도 없이 마을 전체가 온통 복숭아밭이었다. 꽃이 피어 온 마을이 연
한 연지 빛이었다.

복숭아농장을 하는 사람이 나오는 소설을 쓰러 취재 간 거였는데 어이구야, 공부를 엄청 해야겠다 싶었다. 복숭아 하나를 먹기까지 일 년 내내 일이 많았다.

마트에서 복숭아를 사왔다. 복숭아는 매년 여름마다 고맙게 선물로 얻어먹고 있어서 내 손으로 산 적이 별로 없다. 교토 복숭아는 어떤 맛이려나. 마트에서는 쓸데없는 것들이 다 궁금해진다. 교토 두부는 어떨까, 교토 고구마는 좀 다른 맛이 날까. 부지런히 살이 찐다.

아침에 일어나 부엌에 들어가니 희미한 향이 난다. 연하게 달콤한 향. 싱크대 위에 복숭아가 놓여 있다. 간밤에 냉장고에 넣는 걸 잊었나 보다. 완전히 익은 복숭아는 손가락으로도 껍질이 술술 벗겨진다. 베어 물자 주르르 즙이 흐르며 달콤한 맛이 입 안에서 부드럽게 퍼진다. 소설은 아직 쓰지 못했다.

　'계절 한정'이라는 말에 약하다. 덕분에 매일 밤 여름 한정 술들을 마시는 술꾼의 나날이다.

어느 틈에 주위가 푸르스름하게 변했다. 전등을 켜기에는 아직 조금 이른 해거름. 집 안이 무척 고요하다. 덜컹덜컹 바람이 문을 흔들고 지나간다.

골목에서 아이의 웃음소리가 들려왔다. 창문을 열어보니 불꽃놀이를 하고 있었다. 하나비, 라고 하는 일본어가 예쁘다. 마치 불꽃이 너울너울 나비처럼 날갯짓하는 듯한 어감이다. 너무 오래 구경하는 건 실례인 듯싶어 창문을 닫았다. 여전히 들려오는 아이의 웃음소리에 가만히 귀 기울였다. 여름밤이 깊어간다.

네번째이야기

紫野　무라사키노

여행하는 책

짧은 여행이라도 책 두어 권은 챙긴다. 교토에는 다소 오래 머물 예정이라 어떤 책을 가져가야 할지 고민이 되었다. 하지만 알고 있다. 아마 가져간 책을 다 읽지 못하리라는 것을. 더욱 중요한 건 트렁크에 여유를 남기는 일이다. 틀림없이 여기저기 서점을 돌며 책을 잔뜩 사게 될 것이다. 고민 끝에 소설책 한 권을 챙겼다. 소설의 제목은 <Summer Book>이다. 무민의 작가인 토베 얀손의 소설이다. 무려 영어로 쓰인 책을 나는 수년째 읽고 있다.

책은 몇 년 전 스웨덴에 가기 전에 샀다. 단순한 여행이 아니라 작가 레지던스 프로그램으로 머물게 된 터라 공부를 많이 하고 가야 한다는 사명감으로 불타올랐다. 도서관에서 스웨덴에 관한 책과 북유럽 신화집, 린드그렌의 책을 잔뜩 빌렸다. 핀란드에도 갈 예정이라 무민 시리즈도 모두 빌렸다. 덴마크에도 들를지 모른다는 말에 고맙게도 출판사 편집자가 안데르센의 책 중 잘 알려지지 않은 이야기들로 채워

진 동화책 한 권도 보내줬다. 그 와중에 욕심을 부려 산 책 중 한 권이 <Summer Book>이었다. 다 읽지 못하고 출발 날짜가 닥쳤다. 20킬 로그램 한도의 트렁크에 넣을까 말까 망설이다 결국 집에 두고 갔다. 돌아와서 몇 번이나 시도했지만 읽기를 마치지 못했다. 이번 여행이야 말로 <Summer Book>을 읽을 절호의 기회라고 생각했다. 여름은 길고 내게는 시간이 많을 테니까.

차가운 물에 몸을 씻고 선풍기에 머리를 말리며 책을 넘긴다. 엄마를 잃은 소녀가 섬에서 할머니와 여름 한 철을 보내며 상처를 치유하리라 는 내용이 예상되는 책이다. 처음 몇 장만 반복해서 읽고 있어 외울 정 도다. 묘사는 간결하고 대화는 힘이 있다. 아름다운 소설이다. 표지부 터 싱그러움이 느껴진다. 읽던 책장에 반짝반짝 빛이 떠돈다. 눈을 들 어 빛을 따라가 본다. 마당의 작은 나무 위에 떠도는 빛과 초록, 그것 에 오래 눈이 머문다.
결국 소설은 다 읽지 못했다.

어떻게든 되겠죠

교토에서 유독 서점에 많이 갔다. 부러 찾아간 곳도 있지만 찾지 않아
도 곳곳에 크고 작은 서점이 많았다. 별난 서점에도 갔다. 일주일에 금
요일 딱 하루만 문을 여는 서점이다.

조용한 주택가 한쪽 깊숙한 골목 끝, 못 찾게 하려는 의도가 아니라
면 이런 곳에 책방을 열 리가…… 싶은 곳에 미시마샤 책방이 위치해
있다. 여느 가정집과 별다를 것 없는 대문 앞에 작고 동그란 간판만이
서점임을 간신히 드러내고 있다. 문 안으로 들어가자 잡동사니가 쌓인
작은 마당이 보이고 현관에 슬리퍼 몇 켤레가 조르르 놓여 있다. 신발
을 벗고 유리문을 드르륵 밀고 들어가자 어, 잠깐만요, 앗, 실례합니다,
하며 청년 몇이 우당탕 달려 마루를 분주하게 오간다. 뭔가 대단히 재
미있는 일이 벌어지고 있는 듯하다. 다다미가 깔린 방, 천장까지 가득
꽂힌 책들, 여기저기 책, 또 책, 바닥에도 책이 잔뜩 쌓여 있다. 일생의
유일한 낙은 책 읽는 것뿐이라 라면 끓이는 시간도 아까워 생 라면을
와그작 와그작 씹으며 뒤죽박죽인 자신만의 작은 우주에서 책만 파는
친구의 집에 찾아간 기분이었다. 다다미 바닥에는 틀림없이 라면 부스
러기도 좀 흘려 있으리라.

미시마샤 책방은 미시마샤 출판사가 교토에 낸 사무실 겸 책방이다.
출판사 대표인 미시마 씨는 도쿄 지유가오카에 사무실을 얻고 1인 출
판을 시작했다. 회계도, 엑셀도, 사업계획 따위도 잘 모릅니다만, 하며
시작한 출판사는 초기에 직원 6명에 일 년에 6권 남짓한 책을 냈다.
그래서야 어디 손익분기가 맞나요, 그렇게 해서 출판사가 유지되나요,
하는 우려를 한 몸에 받으면서도 10년 넘게 꿋꿋이 버텨내어 단단한
출판사로 성장했다. 작은 출판사가 자리 잡을 수 있었던 가장 큰 요인
은 기존의 출판·유통 방식에서 탈피한 것이었다.

우선 유통사를 통하지 않고 직접 서점에 찾아가 거래했다. 이 사람들
은 돈도 없고 변변치 못하니 우리가 책을 열심히 팔아 이 사람들을 살
립시다, 하는 서점 직원들의 동정을 듬뿍 샀다고 한다. 그리고 문학, 인
문, 교양, 실용, 만화 등의 분야를 자유롭게 넘나들며 다양한 책을 출
간했다. 장르란 서점에서 편리를 위해 구분한 것일 뿐, 책은 하나로 통
한다는 생각에서였다. 미시마샤 출판사가 낸 책 중에는 마스다 미리
의 책도 있다.

홍보 방법도 독특했다. 일본의 서점은 진열대 위에 놓이는 홍보 POP(point of purchase, 매장을 찾아온 손님에게 즉석에서 호소하는 광고)를 중요시한다고 한다. 어떤 문구와 효과로 고객을 사로잡는가에 사활을 걸 정도로 대형 서점은 신경을 쓴다. 그런데 미시마샤 출판사는 POP전담 직원을 채용하여 직접 POP를 제작해 서점에 배포했다. 또한 독자들과의 소통을 중요시했다. 홈페이지에 늘 현장감 넘치는 출판사 소식을 전하고 '미시마샤 통신'이라는 작은 홍보용 책자를 만들어 서점에 보급했는데 이게 웬일인지 굉장한 인기를 끌어 책 대신 '미시마샤 통신' 주문이 쇄도하고 급기야는 돈 주고라도 구입하고 싶다는 손님들까지 생겨 지금은 미시마샤의 신간을 구입하면 '미시마샤 통신'을 주기로 정했다고 한다.

여행에서 돌아와 미시마 씨가 지은 <계획과 무계획 사이>(한국 번역서 제목은 <좌충우돌 출판사 분투기>, 갈라파고스)란 책을 읽어보았는데 역시 이 사람 자기만의 우주가 있군, 하는 생각이 들었다. 자연스레 우리 자매의 출판사와 비교하며 비슷한 점도 발견하고 공감하기도 했다. '이런 시기에 출판사는 무리야' 하는 주위의 만류에 미시마 씨는 원점으로 돌아가자고 생각한다. 책 만들기의 원점이란 책이 가진 재미를 사람들에게 전하는 것이다. 밀어내기 식의 출판이 아니라 한 사람

의 독자를 생각해 진심으로 책을 만들어 독자에게 닿기까지의 모든 과정을 소중히 하겠다는 미시마 씨의 생각에 고개가 끄덕여졌다. 우리 자매 역시 우리가 좋아하는 책을 성실하게 만들어 어딘가 있을, 우리 책을 좋아할 독자에게 즐거움을 주고 싶다는 생각으로 책을 만들고 있다. 많은 책을 만드는 것도 아니고 대단한 홍보도 하지 않지만 묵묵히 계속 하다 보면 '그 출판사 책 괜찮더라' 하고, 떠올리면 어쩐지 미소가 지어지는 믿음직하고 다정한 친구 같은 출판사가 되고 싶은 것이 우리의 꿈이다. 하지만 그래도 역시 마스다 미리 정도의 슈퍼스타가 있어야 버틸 수 있지 않나 싶기도 하고.

도쿄 중심의 출판문화에서 벗어나자는 취지로 2012년 교토의 아담한 주택에 문을 연 미시마샤 책방은 교토 내 서점 유통과 홍보를 담당하는 동시에 '미시마샤 통신'을 비롯한 여러 간행물을 기획, 제작하고 있다. 평소에는 사무실로 이용하지만 일주일에 한 번 금요일에는 책방으로 문을 연다. 책방에 진열된 책은 주로 미시마샤의 책들이고 작은 독립 출판사의 책들도 있다. 책방의 책을 빌려 주기도 하는데 빌려갔던 책에는 '이러이러해서 좋았습니다' 하는 감상을 깨알같이 적은 포스트잇이 책 사이에 붙어 있어서 찾아보는 재미가 쏠쏠했다(책에 낙서는 절대 금물입니다).

아이를 데려온 엄마는 다다미방에 앉아 아이에게 그림책을 읽어주고
혼자 온 청년은 책 한 권을 뽑아 들고 툇마루에 앉는다. 뭘 해도 좋을
것 같다. 여기저기 재미난 것투성이다. 쿡쿡 웃음이 나오는 POP들이
사방에 가득 붙어 있다. 마스다 미리가 자신의 책 홍보를 위해 직접 제
작한 POP도 놓여 있다. '오늘의 운세'를 뽑을 수 있는 작은 상자가 있
어 하나 뽑았더니 '수수하고 눈에 띄지 않지만 좋은 일을 하고 있다'
란 글귀가 나왔다. 흠. 엄청나게 눈에 띄는 좋은 일을 하고 싶습니다만.
책방에서는 작가 사인회나 낭독회, 책 만들기 워크숍 등의 행사도 다
채롭게 열리는데 우리가 책방을 찾았던 날에는 마침 작가 사인회가
있었다. 현란한 하와이안 셔츠를 입은 작가가 고타츠 위에 쌓인 자
기 책 앞에서 "사인해 드립니다. 책을 사시면 사인해 드려요. 사인이
싫으면 빵이나 고양이, 원하시는 모든 그림을 그려 줍니다." 하고 말해
서 뉘신지 모르나 영 신뢰가 안 갔는데, 사인회 시간이 되자 어느 틈
에 몰려든 사람들에게 둘러싸여 빵이며 고양이를 그리느라 땀을 흘
리고 있어 우리는 물러나서 조용히 마스다 미리의 사인본만 한 권 구

입했다. 나중에 알고 봤더니 꽃무늬 셔츠의 작가는 이시이 신지, 아뿔
싸, 이럴 수가. 상당히 유명한 작가다. 예전에 그의 소설 <보리밟기 쿠
체>를 읽고 좋아서 책의 여러 대목을 옮겨 적기도 했다. 소설의 느낌
으로는 작가가 왠지 프랑스 풍의 다소 음울하고 까칠한 스타일일 거
라고 상상했는데 하와이안 셔츠의 발랄한 아저씨였다니. 몰라 봬서 죄
송합니다, 이시이 신지 씨. 다음에는 꼭 사인 부탁드리겠습니다. 귀여
운 고양이도 그려 주세요.

툇마루에 앉아 작은 마당을 잠시 내다보다 우리도 언젠가는 마당이
있는 책방을 내는 날이 올까, 하는 생각을 하며 천천히 책방을 나왔다.
문 옆에는 유모차 안에 아이가 세상모르고 푹 잠들어 있었다.

다정한 식당

미시마샤 책방에서 멀지 않은 곳에 좋아하는 식당이 있다. 아주 귀여
운 식당이다. 귀엽기만 하면 좋은 식당이라고 할 수 없다. 음식 맛도
좋은 귀여운 가게다. 드르륵, 문을 열고 들어가니 천장에 걸려있는 종
이 모빌이 파르르 움직인다.

어릴 때 우리 집은 아이가 다섯이나 돼서 치워도, 치워도 금방 어질러
지기 일쑤였다. 예술성과 창의력이 분출한 어린 동생들은 스케치북 대
신 벽지에 공룡과 공룡 알 같은 것을 그려대고 엄마가 힘들여 지우기
무섭게 다시 창의력을 발산했다. 다섯 자매 모두 각자 소중히 여기는
컬렉션이 있어서 ─ 인형이나 자동차 혹은 돌멩이와 유리조각, 나뭇잎,
심지어 곤충의 사체까지 ─ 집 안 곳곳에 자신의 컬렉션을 전시해 아
무도 손 못 대게 했다. 집에는 블랙홀이 산재해 있어 감쪽같이 물건들
이 사라지곤 했다. 그런 물건들은 영영 사라지기도 했고 엉뚱한 장소
에서 나타나기도 했다. 엄마의 오팔 목걸이는 마당 소꿉놀이 사이에
서 발견되었고 텔레비전 뒤에서 인형 머리가 나왔을 때는 얼마나 기쁘
던지. 그 광경은 한없이 아련한 톤으로 채색되어 있지만 솔직히 말하
면 다소 어수선했다.

치에리야는 어린 시절 우리 자매들이 구르고 뛰고 놀고 잠들던 방을 닮았다. 뒤죽박죽이지만 푸근했던, 이따금 그리운 곳. 마른 꽃이 걸린 나직한 천장 아래로는 밀가루와 쿠키 틀과 그릇들이 두서없이 섞여 있고 가게 한쪽에는 아기 침대가 놓여 있다. 치에리 씨가 과자 반죽을 하고 커피를 내리는 동안 아기는 침대에 잠들어 있거나 일하는 엄마를 구경한다. 세련됨과는 거리가 멀지만 다정함이 느껴지는 공간이다. 이런 분위기를 좋아하는 건 우리만은 아닌지 가게는 영화 <마더 워터>에 등장하기도 했다. 가게 한쪽에 <마더 워터>의 포스터가 빛바랜 채 무심히 걸려 있다. 영화에서는 식당이 아니라 채소 가게로 나왔다. 푸른 차양이 드리워진 목조 건물과 동글동글한 가지가 놓여 있는 가판대는 영화 속 장면 그대로다. 그러고 보니 교토 곳곳에서 <마더 워터>의 촬영지를 만났다. 영화가 교토 곳곳을 찍었기 때문이다. 교토의 정취가 느껴지는 곳, 다정하고 소박하게 아름다운 곳들.

주문한 오반자이 정식이 나왔다. 오반자이는 남은 자투리 재료까지 알뜰히 이용하기 위해 갖가지 조리법으로 차려낸 검소한 밥상이다. 화려하거나 자극적인 것과는 거리가 멀다. 정성스럽게 차려낸 소박한 밥한 끼를 먹고 나면 속이 편해진다. 좋은 것만으로 한 끼를 먹은 충족감이 든다. 치에리야의 오반자이 정식에는 고기와 생선, 두부 등의 재료로 만드는 주메뉴를 하나 고르면 갖가지 채소 반찬이 곁들여 나온다. 음식은 치에리 씨의 어머니가 담당한다. 소꿉놀이처럼 올망졸망한 그릇이 담긴 접시를 상 위에 놓아 주며 주인은 이건 꼭 뜨거울 때 먹어라, 이건 토란을 익힌 것이다, 하며 살뜰하게 일러준다. 어느 것이나 맛있다.

너무 좋아서 일어나고 싶지 않아 쿠키와 커피를 청해서 느릿느릿 먹었다. 낮잠 자다 깬 아기가 우리를 발견하고 멀뚱히 바라본다. 울까 말까 망설이는 것 같다.

책물고기

케이분샤로 향하는 길에 비가 내리기 시작했다. 우산을 썼는데도 치맛자락이 완전히 푹 젖어서 서점에 도착했다. 빗물을 털어내며 서점 안으로 들어서자마자 갑자기 싱크대의 물이 빠지듯 소리가 어디론가 빨려 들어 사라진다. 어둑하다. 완전히 어둡지는 않다. 빗물이 흘러내리는 창으로 스며든 빛과 노란 스탠드 조명 아래 가지런히 놓인 책이 물고기 비늘처럼 반짝인다. 사색과 지혜, 삶의 비밀과 기쁨이 조용히 물속을 가르는, 깊고 검푸른 수조 안에 들어온 것 같다. 고요하게 아름다워, 책을 위한 곳, 책이 존중받는 곳이었다.

케이분샤는 영국의 <가디언지>가 선정한 '세계에서 가장 아름다운 서점'으로 뽑혔다(가디언지는 참으로 부지런하게 이것저것 선정하는 것 같다). 역시 아름다운 서점으로 선정된 오페라극장을 개조한 부에노스아이레스의 엘 아테네오 그랜드 스플랜디드(El Ateneo Grand Splendid)나 천창으로 비쳐드는 햇살이 인상적인 런던의 돈트 북스(Daunt Books)의 압도적인 아름다움에 비하면 케이분샤는 수수한 편이다. 하지만 그곳의 서점들에서 사람들은 대부분 고개를 위로 향하고 있거나 사진을 찍느라 분주했는데 케이분샤에서는 사람들이 고개를 숙인 채 조용히 머물러 있었다. 모두 책을 읽고 있는 것이다.

케이분샤는 1982년 이치조지에 문을 열었다. 케이분샤에서 일하게 된 점원들은 책을 정리하는 방법을 배우거나 지시받는 대신 직접 책을 선정하고 진열할 수 있는 역할이 주어진다. 무슨 책을 어떻게? 이 어리둥절한 임무에 직원들은 이것저것 시도해본다. 다른 서점에서 본 대로 장르 별로 구분해보기도 하고 알파벳 순으로 정리해보기도 한다. 만약 나에게 그런 임무가 주어진다면 어떻게 할까?

다들 책을 어떻게 정리해놓고 있는지 궁금하다. 내 집에는 서재 같은 것은 따로 없이 거실과 방 두 개에 되는 대로 책장을 들여 놓고 책을 꽂아두고 있다. 거실에 꽂아둔 책만은 특별히 선별했는데, 그 기준은 예쁜 책, 되도록 표지가 하얀 것이거나 검은 책이다. 화이트와 블랙의 시크한 분위기를 연출하고 싶었던 모양이다(결과는 별로 그렇지 않다). 방에 꽂혀 있는 책들은 대개 작가, 아니면 장르 별로 분류되어 있다. 그래서 김영하, 레이 브래드버리, 도리스 레싱의 전당이 있고 SF 작가 컬렉션이 있다(책장 삼분의 일을 차지하고 있는 것은 내가 쓴 책이다). 책은 점점 늘어나서 책장도 자꾸 사들였는데 이제는 책장 놓을 자리도 없어 바닥에 책을 쌓아 두고 있는 형편이다. 조금 더 지나면 침대 위에도 책을 두고 그 위에서 자야 할지도 모르겠다. 그 와중에도 필요한 책은 용케 찾아낸다. 못 찾는 책은 샀다고 착각했거나 동생에게

빌려준 책이다. 무질서 속에도 나름의 질서가 있다. 책장은 내가 만든 카오스이기 때문이다.

케이분샤의 직원들도 처음에는 이런저런 시행착오를 겪었지만 어느 틈에 자연스럽게 흐름을 익히게 됐다. 자신이 관심 있는 분야들로 책장을 채우고 그와 관련된 책을 고르고 정리했다. 빵을 좋아하므로 빵 만드는 레시피북을 컬렉션하고 그 옆에는 맛있는 빵집을 다룬 책, 빵도 맛있는 카페를 소개한 책, 빵이 주인공으로 나오는 그림책, 케이크나 과자를 다룬 책도 서운치 않게 구비하고 빵이 그려진 일러스트 엽서나 달력, 에코백 등의 귀여운 굿즈도 함께 진열하는 식으로 하나의 카오스는 점점 나름의 질서를 갖춘 코스모스가 된다. 그런 코너는 빵에 관심 있는 사람이라면 반색할 것이고 빵에 관심 없는 사람이라도 반드시 한 번은 멈추게 되어 있다. 그렇게 책은 독자에게 이어지는 것이다.

예쁜 책만 컬렉션하는 직원도 있었을 것이다. 실제로 케이분샤에는 표지나 디자인이 아름다운 책들이 유독 많아서 유심히 들여다보게 되

었다. 대형 출판사라서, 혹은 유명 작가의 책이라서 독자의 눈에 띄는 게 아니다. 책에게도 운명이라는 것이 있어서 만날 사람의 손에 가닿게 된다. 우연히 발견되는 것도 역시 책의 운명, 나는 그렇게 우연히 파닥파닥 뛰는 물고기를 건지는 것을 상당히 좋아한다. 그것은 독자의 운이라고 할 수 있는데 케이분샤는 이 행운을 만날 확률이 아주 높은 서점이다.

'어차피 누군가에게 필요한 모든 책을 담아낼 수 없는 규모의 서점이라면 휘휘 서점 안을 거닐고 머물다가 아니, 서점에 왔더니 이런 책이 있네, 하고 우연히 책과 손님을 만나게 하는 구조를 만들어 놓고, 목적 없이 편하게 와서 흥미가 없던 책을 집어 드는 손님을 보고 싶다. 그렇게 된다면 무척 기쁘겠다'는 게 케이분샤가 은근히 추구하는 진열 방식이다.

케이분샤에서 아름다운 사진을 넣은 하얀 표지의 책 한 권을 샀다. 물론 내 거실 책장에 꽂힐 것이다.

이치조지의 거리

이치조지는 한 량짜리 란덴이 딸랑딸랑 소리를 내며 지나고 나면 다시 조용해지는 동네다. 근처에 교토조형예술대학이 있어서인지 감각적인 숍들이 많다. 졸업생 중에는 예술가가 되기도 하고 전공과는 무관한 직장에 취직하기도 했겠지만 학교 근처 자주 가던 작은 식당이나 라면 가게가 매물로 나온 것을 인수해서 카페나 작업실로 개조해이 동네에 머물게 된 사람도 있지 않을까. 그렇게 자신의 취향대로 꾸민 가게들이 거리에 활기를 불어 넣고 동네의 인상을 만든 것이다. 소담한 카페에서 런치를 먹고 맞은편 귀여운 빵집에서 빵을 샀다. 생선가게도 예쁘구나, 했던 이치조지.

이치조지
一乘寺

어딘가로 사뿐, 걷기 시작했다

또 하나 굉장히 마음에 드는 서점이 있었다. 이름도 귀여운 메리고라
운드. 메리고라운드는 어린이 책 전문 서점이다. 하얀 벽에 민트 색 책
장, 격자창으로 쏟아진 햇살이 그림책들을 비추고 있는 작은 서점은
칼 라르손(Carl Larsson)의 다정한 그림의 한 장면 같다. 조용하게
미소로 반겨준 주인마저 동화책에서 그대로 빠져나온 듯하다. 서점에
오면 왜 이렇게 가슴이 뛰는 걸까. 모든 책이 어서 읽어 달라고 부르는
것만 같다. 읽지 못해도 아름다운 일러스트가 가득 그려진 책은 들여
다보는 것만으로도 달콤한 과자를 잔뜩 입에 넣은 것처럼 흡족해진다.

책장을 둘러보다 반가운 책을 발견했다. 깊은 푸른색 천으로 감싼 매혹적인 책의 제목은 <여우와 별>. 우아한 북 디자인으로 유명한 '펭귄 클로스바운드 클래식' 시리즈의 디자이너 코랄리 빅포드 스미스가 쓰고 그린 일러스트 북이다. 세계 각국 언어로 번역되었고 한국어판도 나왔는데 밤하늘의 총총한 별처럼 아름다운 언어로 번역되었다. 네, 그렇습니다. 이 아름다운 책의 번역자가 바로 접니다.

'깊고 어두운 숲속에 여우가 살았다.' 로 시작되는 책은 겁 많고 외로운 여우와 여우의 유일한 친구인 별의 이야기다. 일본어로는 어떻게 번역이 되어 있을까. 궁금한 마음에 한 장 한 장 넘겨본다. 같은 책인데 일본어로 적혀 있으니 묘한 기분이 든다.

나는 보통 볕이 드는 시간에 노트북으로 글을 쓴다. 하지만 이 책의 글은 해가 지고 밤이 이슥해지면 노트를 펼쳐 놓고 한 자 한 자 적어 옮겼다. 왠지 그게 어울린다는 생각이 들었다. 줄이 쳐지지 않은 약간 노르스름하고 거친 노트 위에 여우가 다니는 길이 지도처럼 조금씩 그려졌다. 깊은 숲과 작은 굴, 가시덤불과 풀숲, 그리고 숲 사이 작은 오솔길들. 고독하고 겁 많은 여우는 사박사박 길을 냈다. 여우가 머뭇거리거나 망설일 때면 나는 베란다로 나가 한동안 창밖을 내다보았다. 밖은 짙고 어두운 밤이었다. 차를 끓여 책상으로 돌아와 다시 일을 시작했다. 그래도 잘 풀리지 않거나 막막한 기분이 들면 한밤의 긴 산책을 나섰다. 검푸른 밤하늘에 희미하게 빛나는 별을 찾아 오랫동안 올려다본 뒤 집으로 돌아와 다시 언어를 골랐다.

고심했던 부분이 많았다. 간결한 단어로 이루어진 짧은 문장은 의외로 번역이 쉽지 않았다. 가장 고민했던 부분은 마지막 문장이었다. 천신만고 끝에 별을 찾은 여우의 마지막 걸음이었다. 일본어로는 '여우가 숲으로 돌아갔다'고 번역되어 있었다. 평화롭고 안심이 되는 결말이다. 번역 상 큰 무리는 없다. 원서에도 여우는 숲으로 가는 것으로 쓰여 있다. 하지만 나는 이 부분을 번역할 때 오래 망설였다. 뭔가 달랐다. 별을 잃기 전과 별을 다시 찾은 뒤의 여우는 달라졌다. 내면에서 일어난 미묘한 변화를, 이 오렌지 빛 여우에게서 미세하게 나는 느꼈던 것이다.

원래의 안온한 삶으로 돌아가는 대신 무언가 있을지 몰라 두렵지만 다른 공기와 빛과 나무와 오솔길이 있는 저기 어딘가의 숲을 향해 걸어가는 여우의 모습이 내 머릿속에 계속 그려졌다. 원작자 코랄리의 인터뷰 기사를 찾아서 하나하나 읽기 시작했다. 그래요, 그럴 수도 있죠, 당신의 생각이 틀리지 않아요, 라는 말을 들은 기분이었다. 그래서 나는 마지막 문장을 이렇게 번역했다.

'별이 총총한 밤하늘 아래 숲을 지나 어딘가로, 여우는 사뿐 걷기 시작했다.'

조금은 위태로운 결말이다. 낯익은 숲 대신 어딘가로 향하는 여우의 모습이 대견한 한편 못내 안쓰럽기도 하다. 하지만 나의 여우는 그렇게, 어딘가로 향한다.

번역은 아주 미묘한 작업이다. 단어 하나로도 원작의 분위기나 의미가 달라지기도 한다. 번역이란 한 언어를 다른 언어로 바꾸는 단순한 작업이 아니라 한 세계를 다른 세계로 이어주는 일이라고 생각한다. 거기에는 어쩔 수 없이 번역자의 세계란 것도 희미하게나마 그림자를 드리울 수밖에 없다. 또한 독자 역시 자신의 세계를 투영해 글을 읽게 될 것이다. 그러므로 책을 읽는 행위는 고독하지만 외롭지 않다. 무수히 많은 세계가 그 안에 있기 때문이다.

미나페르호넨
minä perhonen

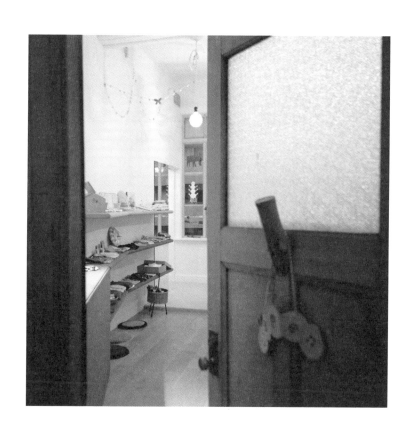

재밌는 이모의 매혹적인 옷장

살짝 열린 문 안으로 들어갔더니 직원이 다소 들뜬 목소리로 말했다.

"무지개 봤나요? 오늘 교토 사람 모두가 무지개 때문에 흥분한 날이에요."

어리둥절해졌다. 무엇이 저토록 들뜨게 한 걸까.

어린 조카의 웃음소리, 아침에 일어나자마자 깨물어 먹는 사과의 아삭, 하는 소리, 비 갠 뒤 숲에서 나는 초록 냄새, 서늘한 마룻바닥의 감촉, 자꾸 나를 따라오는 옅은 카레 색 고양이, 푸른 수국과 우윳빛 치자 꽃, 시나몬과 백단 향, 홀로 깨어있는 조용한 깊은 밤, 졸리지만 아직 자고 싶지 않은 마음, 밤과 잘 어울리는 소설…… 그런 것들이 나는 좋다. 들뜰 정도까지는 아니지만, 약간은 그렇기도 하다. 옷가게에 무심히 걸려있는 내 취향의 옷을 보면 조금 설레기도 한다. 작은 부분에 공들여 지은 옷을 좋아한다.

미나 페르호넨은 '나와 나비' 라는 뜻의 핀란드어로, 디자이너 미나와 아키라가 만든 패브릭·의류 브랜드다. 이름에서 짐작할 수 있듯이, 미나가와 씨는 북유럽에서 많은 영감을 받은 모양이다. 말수는 적지만 특유의 유머 감각을 지닌 속 깊은 사람들이 사는 숲과 호수의 나라, 찬란한 찰나의 백야와 오로라가 피어나는 길고 혹독한 겨울이 있는 곳. 어떤가 하면 ─ 말도 없고 무심한 표정에 눈은 늘 허공 어딘가를 바라보고 있지만 실은 속으로 온갖 것을 생각하느라 분주하고 지루한 것을 질색하는 조금 새치름하면서도 엉뚱한 이모가 만든 옷 같다. 단정한 검은 원피스 안단을 제비꽃 색 천으로 덧대고 머리카락에 가려 보이지 않는 목덜미 부분에 작은 나비를 수놓은 옷을 입고 시치미 딱 떼는 이모는 어린 조카들에게는 다정해 곧잘 블라우스나 원피스를 만들어주고 자투리 천에 작은 토끼와 다람쥐를 수놓아 단추나 리본도 만들어준다. 여름 새벽의 푸르스름함과 초겨울의 희붐한 성에 같은 옷이다. 신비로우면서도 조금 수줍고 몹시 사랑스럽다.

교토에 있는 미나 페르호넨 매장은 문화재로 지정된 유서 깊은 건물 안에 있는데, 건물 자체도 매우 우아하다(건물의 5층에 메리고라운드 서점과 작은 갤러리가 있다). 매장 하나하나 너무도 사랑스럽다. 어린 이웃 매장에서는 헤어날 수 없었다. 우리에게는 어린 쌍둥이 조카가 있는데 극성스러운 이모들 덕에 치앙마이의 날염 티셔츠나 마리메코 원피스 같은 것을 제 취향과 전혀 상관없이 입고 다닌다. 세계지도 보기를 좋아하고 각 나라 수도 외는 데에 도사인 쌍둥이들은 트롤이 사는 노르웨이에 가보고 싶다고 한다. 아가들은 무지개를 본 적 있을까. 이유도 모른 채 "무지개다!" 하고 외치는 기분을 알까.

무지개라면, 우리도 봤다. 길에서 어떤 할머니 한 분이 싱글벙글하며 지나가는 사람들에게 하늘을 가리키며 "니지, 니지" 하고 말했다. 배낭을 메고 가던 외국인들이 의아한 표정으로 고개를 들어 보고 "레인보우!" 하고 외쳤다. 아, 무지개. 세 개의 언어가 같은 곳을 향해 미소 지었다. 알고 있다. 무지개에 효용 같은 것은 없다. 비가 그치고 나면 종종 일어나는 자연 현상일 뿐이다. 하지만 아름답다. 아름다운 것을 좋아하는 단순한 마음으로 좋아할 뿐이다.

더위가 한창인데도 매장은 이미 가을 옷으로 채워져 있다. 하얀 자수 원피스를 고른 동생이 옷을 입어보는 동안 직원은 내게 차를 권한다. 차갑고 향긋한 향이 은은하게 나는 허브티. 차 하나를 고르는 데도 고심했을 것이다. 그 안에 있는 모든 것을 미나 페르호넨 적으로 만들기 위해. 원피스를 입고 나온 동생에게 직원이 잘 어울린다고 말해준다. 상술임을 잘 알고 있지만 칭찬은 지갑을 열게 한다. 예쁜 원피스 한 벌을 샀으니 무지개를 본 덕이라 여긴다.

무지개의 빙수

카페를 찾아가는 골목길에 쏟아지는 햇살이 눈부셨다. 집에 돌아와
필름을 현상해 보니 햇살이 무지갯빛으로 찍혀 있었다.
하얀 벽과 깊은 색의 나무 가구, 색은 적고 수수한 카페에서 빙수를
먹었다. 얼음을 사각사각 갈아 소담하게 쌓아올린 빙수는 한 입 먹자
웃지 않을 수 없는 맛이 밀려들었다. 무지개 맛이다.

디 앤 디 파 트 먼 트

D&DEPARTMENT

가장 오래 가는 것은

일본에 가서 그 지역에 디앤디파트먼트 매장이 있다면 들러본다. '롱라이프 디자인'을 콘셉트로 하는 편집숍인 디앤디는 리사이클링이나 빈티지 제품뿐 아니라 지역의 특색을 지닌 상품을 발굴해서 판매하는 것 역시 중요시한다. 건물 자체와 디스플레이도 도시의 특성을 반영하고 있어 매장마다 고유의 분위기를 느낄 수 있다. 그러므로 디앤디를 방문하는 것은 도시를 좀 더 이해할 수 있는 기회가 된다. 교토의 디앤디는 방문한 곳 중 가장 독특한 곳이었다. 숍은 절 안에 있었다.

디앤디는 일본 전역에 40여 개의 지점을 오픈했는데(한국에도 지점이 있다) 새로 지점을 낼 때 세운 방침 중 하나는 인근 전철역에서 도보로 최소 20분 정도 걸리고 사람들이 많이 다니지 않는 곳이어야 한다는 것이다. 지나다 불쑥 들어가는 가게가 아니라 부러 찾아오는 가게를 만들고 싶다는 생각 때문이다. 디앤디를 좋아하는 사람이라면 기꺼이 시간과 수고를 들여 찾아오리라는 낙관도 있었는데 결국 그 예측이 맞았다. 그리고 또 하나, 기존 건물에 입점하는 것을 방침으로 한다. 이런 방침은 '사람들이 절에 많이 좀 왔으면 좋겠네, 우리 절이 참 좋은데 말이야' 하는 사찰 측의 바람과 일치한 덕에 디앤디 교토점은 2014년 붓코지(佛光寺) 경내에 오픈하게 되었다. 교토는 여러 세대에 걸쳐 가장 교토스러운 것과 오래 지속될 수 있는 것을 고민해온 도시다. 그야말로 일찌감치 '롱 라이프 디자인'을 모색해온 셈이니 디앤디와 이만큼 잘 어울리는 도시도 없을 것이다.

한참을 올려다봐야 하는 울창한 은행나무를 사이에 두고 숍과 식당이 ㄱ자 모양으로 위치해 있다. 동생은 디앤디 식당의 밥이 맛있다고 여러 차례 내게 피력한 바 있다. 무엇보다 쌀밥 자체가 맛있어서 두 그릇 먹었다고 식탐을 자랑한다. 우선 숍을 둘러보고 식당에 가자 계획했지만 언제나처럼 결심한 대로 되지 않고 처마 밑에 펄럭이는 氷자가 쓰인 휘장에 홀린 것처럼 스르르 식당으로 들어갔다. 다다미가 길게 깔린 바닥 위를 오후의 나붓한 빛이 비추고 있었다. 짙은 색 나무 격자창이 단정하게 아름답다. 널찍하여 한가로운 기분이 든다. 아마 과거에는 스님들이 명상을 하거나 생활을 하는 공간이었으리라. 메뉴는 교토의 느낌을 살린 것이 많다. 오반자이와 소바, 오차즈케, 디저트로는 모나카와 말차 등이 있다. 과연 상당히 맛이 좋다.

식당에서 나와 숍으로 향했다. 숍 앞에 자전거가 몇 대 조르르 놓여 있다. 그러고 보면 자전거만큼 오래, 널리 이용되는 물건도 드문 것 같다. 나는 잘 탈 줄도 모르면서 선이 간결하고 아름다운 자전거를 보면 달려보고 싶다고 생각한다. 숍 내부는 심플하면서도 매력적이다. 새것과 옛것이 자연스럽게 조화를 이루고 고즈넉하면서도 활기가 있다. 디스플레이도 좋았지만 커다란 격자창과 격자창 너머로 보이는 풍경이 좋아 자꾸만 내다보게 된다. 디앤디의 창업자이자 디자이너인 나가오카 겐메이와 교토조형예술대학 학생들이 함께 꾸미고 셀렉트한 숍에는 교토의 오래된 가게에서 만든 나무 염주와 전통 다기 세트, 대나무차 도구와 젓가락, 산뜻한 손수건과 염색 천, 그리고 교토의 식재료와 식품이 진열되어 있다. 늘 그렇듯 샘솟는 물욕을 자제할 시간이 필요하다. 매장 한쪽에 서가로 꾸며진 다다미방에 앉아 책을 골라 들고 역시 물고기가 그려진 손수건과 맵시 있는 대나무 포크로 할까, 생각한다. 눈을 들어 창밖을 보니 스님 한 분이 마당을 쓸고 있다.

할머니의 현명한 충고

벼룩시장에 즐겨 간다. 벼룩시장의 묘미라면 어떤 물건을 만날지 알수 없다는 점이다. 물론 각 벼룩시장의 특색이라는 것이 있어 대충은 짐작할 수 있다. 빈티지 그릇이나 골동품, 수공예품 혹은 의류나 고서를 주로 판매하는 시장이 있는가 하면 일상 잡화나 식재료와 음식이 주가 되는 벼룩시장도 있다. 하지만 대개의 벼룩시장은 이 모든 물건들이 뒤섞여 있다. 벼룩시장은 숙명적으로 충동구매와 찰떡처럼 연결되어 있다. 무소유를 이마와 심장에 아로새기고 나섰다.

교토에는 곳곳에서 벼룩시장이 열린다. 주로 큰 사찰이나 신사, 공원 안에서 열린다. 유명한 것으로는 매월 25일에 열리는 키타노텐만구의 텐진상, 15일에 열리는 치온지 벼룩시장, 매월 첫째 주 토요일 우메코우지 공원에서 열리는 장 등이 있다. 그중 가장 규모가 크다는 도지 벼룩시장에 가보았다. 매월 21일에 열리는 도지 벼룩시장은 일

상 잡화에서부터 골동품과 그릇, 채소와 꽃, 먹거리 등 안 파는 게 없을 정도로 판매품의 종류가 다채롭다. 특히 빈티지 기모노가 유명한데 잘만 고르면 근사한 기모노를 깜짝 놀랄 만큼 저렴한 가격에 구입할 수 있다.

절 입구에 들어서자 경내에 천막들이 줄지어 즐비하고 그 사이를 사람들이 벌떼처럼 이리저리 옮겨 다니고 있다. 두근거리는 마음을 주체 못해 잠시 고개를 돌리니 연못에 푸른 연잎이 가득하다. 봉오리를 오므린 연지 색 연꽃도 간혹 있다. 그 뒤로 검은 탑이 보였다. 도지탑이다. 도지(東寺)는 796년 헤이안 시대에 지어진 절이다. 50여 미터 높이의 도지탑은 일본의 목조탑 중 가장 높고, 국보로 지정되어 있다. 내게는 일본 영화 <마더 워터>의 포스터에 등장한 탑으로 기억된다. 마치 수학여행 기념사진처럼 주인공들이 도지탑 앞에 나란히 줄서 있는 포스터다.

시장에서 가장 인기 있는 가게는 빙수집이다. 사각사각 얼음이 갈린다. 색색의 과일 맛 중 어떤 것을 고를까 하고 망설이는 작은 즐거움. 빙수를 들고 천막 아래 평상에 앉았다.

먹기 시작하자마자 나는 얼음물을 주르륵 옷에 흘리고 만다. 저런, 하고 옆에서 할머니 한 분이 안타까운 얼굴로 걱정해준다. 주섬주섬 휴지도 챙겨주신다.

"나는 말이야, 카키고오리 먹을 때 꼭 준비해오는 게 있다우."

그러더니 할머니는 손수건을 무릎에 착 펼쳤다. 가방 속에서 숟가락도 척 꺼내 든다. 여봐란 듯이 빨대 대신 숟가락으로 빙수를 푹 뜬다. 숟가락까지 챙겨오다니, 빈틈이 없다.

"나이 드니까 자꾸 흘리더라고."

할머니가 빙긋 웃더니 빙수를 한 입 맛나게 떠먹는다.

한 수 배웠습니다. 저도 다음부터는 꼭 앞치마와 숟가락, 턱받이까지 챙기도록 하겠습니다.

카키고오~리 하고 외치며 어린 소녀가 빙수 포장마차를 향해 달려온다. 들뜬 목소리. 즐겁구나. 아까 본 그릇을 살까, 말까 생각한다. 우선은 빙수를 먹는다.

시간을 들여야 하는 맛

사람 많고 북적이는 곳은 되도록 가지 않지만 시장만은 예외다. 모든 것이 신기해서 카메라를 들이대는 관광객들과 그들에게 친절하면서도 지나친 호기심에 반쯤은 체념한 듯한 상인들, 매우 혼잡해서 어깨를 부딪치지 않고 다닐 수 없는 북적임 속에서도 나름의 재미는 있다. 시장에서만 느껴지는 활기가 있기 때문이다. 푸짐하게 쌓인 신선한 식재료와 이색적인 음식들, 쓰임새가 궁금한 물건들을 구경하며 별로 배가 고프지 않은데도 자꾸만 떡이며 두유 도넛, 소금물에 담근 오이 같은 것을 사서 손에 들고 걸으며 먹는다. 시장에서는 그래야 하는 법이다. 니시키시장은 생선 장수들이 점포를 열며 시작되었다고 한다. 시장 아래로 흐르는 차가운 지하수에 생선을 보관하기 위해서였다. 그것이 천년도 넘는 오래 전 일이다. 지금의 시장 형태를 갖추게 된 건 사백 년 전쯤이고 현재는 다양한 품목을 파는 140여 개의 상점이 아케이드를 따라 늘어서 있다. 니시키시장에서 판매되는 식재료와 제품은 품질이 좋은 만큼 가격이 높아 주민들이 일상적으로 방문하는 곳은 아니다. 유명 음식점이나 료칸, 요정 등이 주 고객이다. 하지만 귀한 손님을 대접하거나 새해를 축하하는 오세치 요리에 쓸 식재료를 살 때는 꼭 니시키시장을 찾는다.

유심히 보면 아케이드의 입구는 물론 곳곳에 그림이 걸려 있는데, 에도 시대의 화가 이토 자쿠추의 그림이다. 그는 니시키시장 채소상의 아들로 태어나 가업을 물려받아 장사를 하다 마흔 살 되던 해부터 본격적으로 그림을 그리기 시작했다고 한다. 그래서인지 그의 그림에는 채소나 물고기, 닭과 개 등의 서민적인 소재가 많다. 그림은 가게의 셔터에도 프린트되어 있어 문을 닫은 니시키시장은 이토 자쿠추의 미술관으로 변신한다.

니시키시장의 명물 중 하나는 쓰케모노(漬物)다. 소금이나 쌀겨, 식초, 된장 등에 절인 저장 음식을 말한다. 주로 채소를 절인 음식을 이르는데, 우리나라의 장아찌와 비슷하다. 니시키시장에는 오랫동안 장사해 온 쓰케모노 가게가 많다. 쓰케모노가 수북이 담겨있는 커다란 나무통은 맛의 비법과 함께 대를 이어 물림된 것이다. 가게 앞에는 시식용 쓰케모노도 넉넉히 내놓고 있어서 이것저것 맛보다 이거 정말 맛있다, 하고 동생과 내가 동시에 고개를 끄덕인 쓰케모노를 샀다. 이것도 제법 맛있는데, 하는 쓰케모노도 두어 가지 더 샀는데 두고두고 훌륭한 밥반찬과 술안주가 되어 주었다.

바람의 무늬, 달의 교각

날이 좋아 멀리 가보기로 했다. 교토 서쪽 외곽에 있는 아라시야마로
간다. 봄 벚꽃과 가을 단풍으로 유명한 곳이지만 여름에 탁 트인 강가
에서 바람 쐬는 것도 나쁘지 않을 것 같았다. 근처에는 서늘한 그늘을
드리운 대나무 숲도 있다.

아라시야마 지역은 헤이안 시대에 귀족들이 별장을 짓고 뱃놀이를 즐
겼던 곳이다. 지금도 강을 따라 고급 음식점과 료칸이 즐비한 관광지
다. 사람들로 붐비기 전에 다녀오자고 일찌감치 나섰더니 아침 강가
는 한적하다. 지붕을 얹은 나룻배도 강기슭에 배를 붙이고 쉬고 있다.
물은 깊고 진한 녹색이다. 물색이 원래 그런 것인지, 물을 둘러싼 계곡
의 울창한 초록의 반영인지 잘 모르겠다. 아라시야마를 한자로 쓰면
람산(嵐山)이다. '람' 자를 찾아보니 '산속에 생기는 아지랑이 같은 기
운 혹은 산바람' 이란 뜻이다. 협곡을 돌아 불어온 바람이 초록 무늬
를 그리며 물 위를 스쳐 지난다.

저만치 도게츠교(渡月橋)가 햇빛을 받아 하얗게 빛난다. 도게츠란 이름은 카메야마 왕이 '마치 달이 다리를 건너는 듯하다' 라고 말한 데서 연유했다고 한다. 원래 나무로 지어졌던 다리는 후에 콘크리트로 보수되었지만 난간과 다리를 받치는 교각 일부는 나무로 만들어 주변 경관과 잘 어울리도록 했다. 도게츠교를 지날 때는 절대로 뒤를 돌아보면 안 된다는 얘기가 있다. 이곳 아이들은 13세 되는 해에 근처 호린지라는 절에서 복을 기원하는 전통의식을 했는데 의식이 끝난 뒤 돌아갈 때에 다리 위에서 뒤를 돌아보면 애써 참배한 것이 소용없어진다고 믿었기 때문이다. 이 이야기는 다리를 다 건널 때까지 뒤를 돌아보지 않으면 소원이 이루어진다는 이야기로 변형되어 전해진다. 그런 중요한 이야기는 크게 써서 다리 앞에 붙여 두었으면 좋겠다. 까맣게 모르고 있던 우리는 다리를 건너며 앞에서 오는 사람들, 옆을 지나는 자전거, 뒤에서 달려오는 인력거 등을 구경하느라 사방팔방을 보았으므로 소원 성취는 일찌감치 물 건너갔다. 커피나 한잔 하기로 했다.

하얀 각설탕의 카페

하얀 각설탕 같은 카페는 오픈하자마자 눈 깜짝할 새 긴 줄이 늘어섰
다. 라떼와 포장지가 귀엽다는 이유로(네, 이런 식으로 가산을 탕진하
고 있습니다) 바게트 샌드위치도 하나 사서 강둑에 앉았다. 햄과 치
즈뿐인 샌드위치는 의외로 상당히 맛이 좋아 혀 천장이 까지는 것도
모르고 바삭바삭 소리를 내며 먹었다. 공기는 청량하고 커피는 맛있
었다.

나룻배가 상쾌하게 초록 물살을 가른다. 여름이 지나간다.

빗소리를 내며 바람이 불어왔다

첫인상에 집착하지는 않지만 신뢰하는 편이다. 시간을 두고 겪어보면
달라지기도 하지만 처음 느낀 인상은 쉽사리 지워지지 않는다. 도시도
마찬가지다. 오사카에서 교토로 향하는 열차 안에서 창밖의 풍경이
계속 변했다. 높은 빌딩이 더 이상 보이지 않고 초록빛이 진해지며 나
지막한 먹색 건물이 점점이 나타났다. 교토에 점점 가까워지자 창밖으
로 빈번히 청아한 바람이 보였다. 그것은 푸른 대숲이 일렁이는 풍경.
그 순간 이 도시가 마음에 들지도 모르겠다는 생각이 들었다.
아라시야마 치쿠린은 노노미야 신사부터 텐류지의 북문을 거쳐 빽빽
한 대나무 숲이 이어지는 산책로다. 땡땡 울리는 경적 소리를 남기고
란덴이 지나가는 기찻길을 건너자 진한 그늘이 드리워진다. 고개를 들
면 온통 초록 터널이다. 댓잎 사이로 스며든 햇살이 반딧불이처럼 반
짝반짝 빛난다. 귀를 기울이자 숲 사이에서 빗소리가 난다.

내 휴대폰 구글맵에는 별과 하트가 가득 찍혀 있다. 지상의 곳곳에 별
점을 찍고 마음을 두는 것. 그것을 이은 지도 위에 그곳이어야만 할,
혹은 그곳이 아니라도 상관없을 나만의 이야기가 쓰인다. 시간이 지난
뒤 그것은 내 마음 속에 살며시 떠올라 가만히 빛난다.

여행에서 돌아와

여행에서 돌아오자마자 일본에 큰 태풍이 연이어졌다. 공항과 철도가 막히고 여기저기 큰 피해를 입었다는 뉴스를 접했다. 그 와중에 아라시마 도게츠교의 난간과 교각도 무너졌다고 들었다. 다른 나라의 다리 난간이 무너졌다는 소식 정도는 모르고 지나가기 쉽고 듣고도 아, 그런가, 안타깝게 되었네, 하고 말았을 텐데 마음이 쓰였다. 내가 불과 며칠 전에 걸었고 좋았던 곳이므로.

사실 일본에 대해서는 복잡한 마음이 든다. 대충은 없는 야무진 구석과 섬세하고 실용적으로 만들어진 물건들과 몇몇 일본 작가의 소설과 에세이, 영화를 좋아하고 맛있는 음식은 사랑한다고까지 할 수 있지만 한국과 일본과의 역사적인 문제가 해결되지 않는 한, 마음 편하게 마냥 좋아할 수만은 없다. 그런 불편한 마음이 내 한편에 있다.

하지만 마음이 쓰인다. 내가 머물던 동네와 우리에게 친절하게 대해주었던 사람들이 걱정된다. 바람이 덜컹덜컹 지나가던 우리의 여름 집과 작은 마당에 서있던 어린 남천 나무, 마당으로 불어들던 소슬한 바람과 풀벌레 소리, 아직도 안 갔냐고 웃던 과일 가게 아저씨, 한국 음식을 좋아하는 우리의 여행의 여신, 또 오라고 얘기해줬던 여름 집의 주인 마리 씨와 마리 씨의 귀여운 아들, 우리의 여행이 즐겁길 빌어주었던 그곳의 사람들. 부디 모두 무사했으면 좋겠다.

- 여름의 집 -

교토후오가와 京豆腐小川
北区 紫野上門前町 55
+81-75-492-2941

교토교엔 京都御苑
上京区 京都御苑 3
+81-75-211-6348

하나모모 花もも
中京区 麩屋町西入ル昆布屋町 398
+81-75-212-7787

토라야 とらや
上京区 一条通烏丸西入広橋殿町 400
+81-75-441-3113

코우라쿠야 幸楽屋
(폐업)

- 몽상가의 산책 -

신신도 進進堂
左京区 北白川追分町 88
+81-75-701-4121

이노다커피점 イノダコ-ヒ
中京区 堺町通三条下ル道祐町 140
+81-75-221-0507

스마트커피 Smart Coffee
中京区 寺町通三条上る天性寺前町 537
+81-75-231-6547

마에다커피 前田珈琲 明倫店
中京区 室町通蛸薬師下ル山伏山町 546-2
京都芸術センター内1F
+81-75-221-2224

키친 나카오 キッチンなかお
左京区 浄土寺下南田町 40-2
+81-75-761-8863

마메주킨숍&아뜰리에 Mamezukin Shop&atelier
(스위스 커피, 플랜츠 swiss coffee, plants)
(폐업)

호호호자 ホホホ座
左京区 浄土寺馬場町 71
+81-75-741-6501

은각사 銀閣寺
左京区 銀閣寺町 2
+81-75-771-5725

요지야 카페 은각사점 よじや
(폐업)

블루보틀 Blue Bottle
左京区 南禅寺草川町 64
+81-75-746-4453

난젠지 南禪寺
左京区 南禅寺福地町
+81-75-771-0365

포에버현대미술관
Forever Museum of Contemporary Art
(폐관)

- 우리는 고양이처럼 -

레몬칸 レモン館
(폐업)

베르크 Werk
北区 紫竹西高縄町 100
+81-75-492-2915

스에히로 寿恵広
北区 紫竹西桃ノ本町 50-2
+81-75-492-3085

비스트로 시크 bistro Chic
北区 紫竹西高縄町 10-1
+81-75-406-7402

이치몬지야와스케 一文字屋和助
北区 紫野今宮町 69
+81-75-492-6852

우메조노사보 うめぞの茶房
北区 紫野東藤ノ森町 11-1
+81-75-432-5088

상하이코로 코이코이쇼텐
上海航路 コイコイ商店
(폐업)

카네이 かね井
北区 紫野東藤ノ森町 11-1
+81-75-441-8283

쿠시아게 오모토 串揚げ 万年青
上京区 筋違橋町 554-2
+81-75-411-4439

노트 카페 Knot cafe
上京区 東今小路町 758-1
+81-75-496-5123

스사카베안 すさかべ庵
上京区 西上善寺町 207
+81-90-9216-7251

아와모치도코로 사와야 粟餅所澤屋
上京区 紙屋川町 838-7
+81-75-461-4517

- 여름의 무늬 -

미시마샤 책방 ミシマ社の本屋さん
(폐업)

치에리야 Chieriya
(폐업)

케이분샤 恵文社
左京区 一乗寺払殿町 10
+81-75-711-5919

메리고라운드 Merry-go-round
下京区 市之町 251-2
+81-75-352-5408

미나 페르호넨 minä perhonen
下京区 市之町 251-2
+81-75-353-8990

키토네 木と根
(폐업)

디앤디파트먼트 D&DEPARTMENT
下京区 新開町 397
+81-75-343-3217

도지 東寺
南区 九条町 1
+81-75-691-3325

니시키시장 錦市場
中京区 富小路通四条上る西大文字町 609
+81-75-211-3882

% 아라비카 커피 Arabica Kyoto Arashiyama
右京区 嵯峨天龍寺芒ノ馬場町 3-47
+81-75-748-0057

여름, 교토

ⓒ최상희 2019

초판 1쇄 2019년 5월 8일
재판 1쇄 2023년 10월 25일
지은이   최상희
디자인하고 펴낸이   최민
펴낸곳   해변에서랄랄라
출판등록   2015년 7월 27일 제406-2015-000098호
주소   경기도 파주시 가온로 205
문의   031-946-0320(전화), 031-946-0321(팩스)
전자우편   lalalabeach@naver.com
인스타그램   lalalabeach
ISBN   979-11-955923-8-8